Kretzer 2

CHRISTIANE RETZDORFF

Kretzer 2

Bibliografische Information der Deutschen Nationalbibliothek:
Die Deutsche Nationalbibliothek verzeichnet diese Publikation
in der Deutschen Nationalbibliografie; detaillierte bibliografische
Daten sind im Internet über https://portal.dnb.de/ abrufbar.

Umschlagmotiv Alexander Retzdorff
Satz, Umschlaggestaltung, Herstellung und Verlag:
BoD – Books on Demand, Norderstedt

ISBN: 978-3-7543-9035-1

Inhalt

Tod eines Gärtners

Der Parkplatz am Waldesrand lag etwas versteckt. Hauptkommissar Kretzer parkte sein Auto dort und schaute sich um. Zwei weitere Wagen standen dort, ein Mercedes Kombi älteren Baujahrs mit der Aufschrift »Gärtnerei Brause« und ein recht neues SUV, neben dem eine Frau mit ihrem Hund an der Leine stand. Unsicher beäugte sie den Neuankömmling.

Richard Kretzer stieg aus und sog die würzige Waldluft ein. Es war ein sonniger Frühlingstag im März, einige Vögel zwitscherten, sonst herrschte Stille. Bedächtig schritt er auf die Frau zu und sprach sie an: »Guten Tag, mein Name ist Hauptkommissar Kretzer. Sie haben die Polizei informiert, dass Sie einen Toten gefunden haben?«

Nun wunderte er sich, dass von seinen Kollegen noch niemand eingetroffen war. Vermutlich lag es daran, dass er ganz in der Nähe zu tun hatte und deswegen sehr schnell vor Ort sein konnte.

Die Stimme der Frau zitterte, als sie sagte: »Er sitzt dort im Auto.«

Dabei deutete sie auf den Mercedes.

Kretzer schaute in die Richtung und entdeckte einen Mann, der regungslos hinter dem Lenkrad hockte. Er war etwas in sich zusammengesunken, so als würde er schlafen. Der Hauptkommissar ging hin und schaute durch das Fenster auf der Fahrerseite.

Die Frau schrie fast hysterisch: »Sie müssen von der anderen Seite gucken!«

Der Hauptkommissar begab sich auf die Beifahrerseite und sah von dort, dass der Mann ein Loch wie von einem Schuss in der Schläfe hatte. Daraus war etwas Blut geronnen. Er kehrte zu der Frau zurück. Sie war sichtlich erschüttert.

In dem Moment trafen wie auf dein geheimes Zeichen ein Polizeiwagen, ein Rettungswagen, der Gerichtsmediziner, die Spurensicherung und seine Mitarbeiter Kim Kaiser und Juan Montez ein. Plötzlich wurde es voll an diesem idyllischen Ort. Kretzer nahm die Frau mit ihrem Hund etwas zur Seite und bat sie freundlich zu warten. Gleich würde sich jemand um sie kümmern. Dann begrüßte er seine Mitarbeiter und die anderen Kollegen.

Kim Kaiser drückte ihrem Chef einen Becher Kaffee in die Hand, weil sie wusste, dass dessen Gehirn erst mit diesem Getränk zu Hochform auflief.

»Danke, Kim, du bist ein Schatz. In dem Mercedes sitzt ein Toter, vermutlich erschossen. Die Frau dort hat die Polizei alarmiert. Nimmst du dich bitte ihrer an?«

»Was machst du denn schon hier?«, wollte Juan Montez wissen. »Hattest du keine Lust, bei diesem schönen Wetter im Büro zu sitzen, und bist lieber im Wald spazieren gegangen?«

»Schön wär's, aber du solltest eigentlich wissen, dass ich ganz in der Nähe noch eine Befragung bezüglich eines anderen Falls vornehmen musste.«

Kim Kaiser war zwischenzeitlich bei der nun langsam ruhiger werdenden Frau mit Hund angekommen und stellte sich vor.

»Wann haben Sie den Toten entdeckt?«

»Das weiß ich nicht mehr genau, aber ich habe gleich die Polizei angerufen.«

»Gut, dann haben wir den Zeitpunkt im Protokoll.«

»Aber ich weiß nicht, ob der Mann schon tot war, als ich auf dem Parkplatz ankam«, sagte die Frau, nun doch wieder aufgeregt.

»Fangen wir von vorn an«, versuchte Kim durch Sachlichkeit die Spannung zu mildern. »Wie heißen Sie?«

»Isolde Holznagel. Ich gehe hier jeden Mittag mit meinem Hund Sammy spazieren.«

Kim notierte sich den Namen und die Adresse der Frau.

»Frau Holznagel, wann sind Sie denn auf dem Parkplatz eingetroffen?«

»Das muss kurz nach eins gewesen sein. Um halb eins esse ich immer eine Kleinigkeit und ziehe dann mit dem Hund los. Eine große Mahlzeit nehmen mein Mann und ich erst abends ein, wenn er von der Arbeit gekommen ist.«

»Haben Sie bei Ihrer Ankunft den Wagen mit dem Toten schon gesehen?«

»Ja, aber ich dachte, der Mann nutzt seine Mittagspause, um ein Nickerchen zu machen.«

»Parkten noch andere Auto hier?«

»Nein, ich gehe ja extra zu dieser Zeit mit dem Hund, weil wir meistens niemanden treffen. Sammy versteht sich mit anderen Hunden nicht so gut, aber wenn wir allein sind, kann ich ihn frei laufen lassen.«

»Was geschah dann?«

»Als ich mit unserem Hund zurückkam, wurde ich neugierig, weil der Wagen noch immer am gleichen Platz stand, und ging leise an der Beifahrerseite vorbei. Ich schaute hinein und sah, dass der Mann ein wenig am Kopf blutete. Und dann sah ich das Loch in seiner Schläfe.«

Die Frau erzitterte bei der Erinnerung an dieses Bild.

»Also riefen Sie die Polizei an.«

»Ich ging zu meinem Auto, ließ den Hund hineinspringen und setzte mich hinter das Steuer. Plötzlich war ich nicht mehr sicher, was ich gesehen hatte. Doch ich traute mich nicht, erneut in den anderen Wagen hineinzuschauen. Meine Beine waren wie Gummi. Unsicher schaute ich hinüber zu dem Mann, der immer noch regungslos dahockte. Ich dachte an die Worte meines Mannes, dass es besser sei, einmal zu viel die Polizei zu rufen als einmal zu wenig. Also wählte ich 110.«

»Das haben Sie gut und richtig gemacht, Frau Holznagel.

Nun geben Sie mir bitte noch Ihre Telefonnummer für den Fall, dass wir noch Fragen haben. Anschließend können Sie nach Hause fahren, wenn Sie sich das zutrauen. Oder möchten Sie von einem Polizeiwagen heimgebracht werden?«

Die Frau schüttelte energisch den Kopf. »Das schaffe ich schon. Die ganze Situation ist so unwirklich.«

Hauptkommissar Kretzer wartete, bis seine Kollegen alle Spuren außen am Auto des Toten gesichert hatten, dann ließ er den Gerichtsmediziner den Wagen, der nicht verschlossen war, öffnen. Mit einem kurzen Griff an den Hals stellte dieser den Tod des Mannes fest. Der Körper war noch warm, Leichenstarre hatte noch nicht eingesetzt. Er drehte den Kopf des Toten, blickte auf die Einschusswunde. Die Kugel war im Kopf stecken geblieben. Dann wendete er sich an Kretzer.

»Moin, Richard. Der Mann ist noch nicht lange tot. Ursache: ein Schuss aus nächster Nähe. Ich denke, das ist ein klarer Fall.«

»Moin, Walter, was kannst du zum Todeszeitpunkt sagen?«, fragte der Hauptkommissar.

Der Gerichtsmediziner guckte auf seine Uhr.

»Ich schätze, zwischen 12 und 13 Uhr. Ich messe noch kurz seine Körpertemperatur. Genauer werde ich das nach der Obduktion wissen. Wenn die Spurensicherung mit dem Innenraum fertig ist, transportieren wir ihn ab. Aber ich denke, weitere Ermittlungen sind überflüssig. Das sieht doch wie ein ganz gewöhnlicher Selbstmord aus.«

»Auf den ersten Blick schon«, stimmte Kretzer zu. »Aber wo ist die Waffe? Der Mann hätte diese entweder in der Hand halten müssen oder sie ist ihm beim Sterben entglitten und müsste irgendwo im Auto liegen. Bisher konnte ich aber nichts finden.«

Der Gerichtsmediziner betrachtete nochmals die Wunde am Kopf des Toten.

»Du könntest Recht haben, Richard. Der Schuss war nicht aufgesetzt, was bei Selbstmördern eigentlich üblich ist. Vermutlich plagt sie die Angst, dass ihre Hände zittern und sie danebenschießen.«

Der Arzt grinste.

»Wenn ich die Leiche untersucht habe, kann ich dir genauer sagen, aus welchem Abstand geschossen wurde. Aber seltsam ist es schon, dass der Mann, wenn er sich umbringen wollte, die Waffe nicht aufgesetzt hat und diese weder in seiner Hand noch neben ihm zu finden ist.«

Die beiden Männer reichten sich stumm die Hand. Nun hatte Richard Kretzer etwas Zeit, den Toten genauer zu betrachten. Seine Gesichtshaut war gebräunt und zerfurcht von der Arbeit an der frischen Luft. Die zerzausten Haare machten einen etwas ungepflegten Eindruck. Seine klobigen Hände mit dunklen Rädern unter den Fingernägeln lagen im Schoß. Er trug eine Art Holzfällerhemd unter der speckigen Jacke. Darunter war eine von Erde verschmutzte dunkelgrüne Hose aus breitem Cord zu sehen. Seine Füße steckten in klobigen, dreckigen Schuhen. Alles deutete auf einen hart arbeitenden Gärtner hin.

Kretzer holte seine Einweg-Plastikhandschuhe hervor und tastete die Taschen der Jacke ab. Darin befanden sich eine Geldbörse mit Visitenkarten der Firma Gärtnerei Brause, einige Einkaufsbelege und 236,87 Euro in bar. Zusätzlich fischte der Hauptkommissar noch eine angebrochene Packung Taschentücher sowie ein Handy hervor. Aus einer Innentasche kamen endlich der Personalausweis sowie eine EC-Karte ans Licht. Bei dem Toten handelte es sich um den achtundvierzigjährigen Frank Brause.«

Diese Information gab der Hauptkommissar an seine Kollegen weiter.

Kim Kaiser tauchte nach der Befragung der Zeugin auf und

betrachtete ebenfalls den Toten. Sie rümpfte die Nase. »Hier riecht es nach Schweiß«, stellte sie angewidert fest.

»Na ja«, antwortete Kretzer, »Gartenarbeit ist oft schweißtreibend.«

»Oder es ist der Angstschweiß eines Selbstmörders.«

»Bitte keine voreiligen Schlüsse. Noch wissen wir nicht, ob der Mann sich selbst erschossen hat.«

»Sein Hosenstall steht offen«, bemerkte Kim.

»Wo du wieder hinschaust. Vielleicht war er kurz vor seinem Ableben pinkeln und hatte vergessen, ihn wieder zu schließen.«

Kim ging um das Auto herum, wo die Beifahrertür ebenfalls offen stand. Sie steckte den Kopf hinein, um sich die Wunde anzusehen. Dann stutzte sie.

»Auf dieser Seite duftet es nach Parfum.«

Kretzer lächelte. Das konnte nur eine Frau bemerken.

»Wir wissen zwar noch nicht, ob der Mann verheiratet oder liiert war, aber es kommt schon vor, dass gut riechende Frauen sich chauffieren lassen.«

»Aber doch nicht von so einem ekeligen Kerl.«

»Die Geschmäcker sind verschieden.« Kims Chef grinste.

Juan Montez gesellte sich zu ihnen.

»Logischerweise finden sich auf diesem Parkplatz etliche Reifenspuren. Ich denke, es macht zu viel Arbeit, sie alle zu registrieren.«

»Diese Entscheidung überlasse ruhig der Spurensicherung«, sagte Kretzer. »Hast du irgendwelche Hinweise auf mögliche Täter gefunden?«

»Alte Zigarettenkippen, weggeworfene Papiertaschentücher, einen Stapel von Anzeigenblättern, die wohl niemand Lust hatte auszutragen, etwas Plastikmüll. Die Sachen liegen alle schon länger hier, also nichts, was uns weiterbringt.«

»Die Waffe ist bisher auch noch nicht aufgetaucht. Vielleicht findet die Spurensicherung sie im Auto. So genau habe ich nicht geforscht, um keine Spuren zu verwischen.«

Juan Montez betrachtete den Toten genauer.

»Es wurde aus einer kleinkalibrigen Waffe geschossen, sonst wäre die Kugel auf der anderen Seite des Kopfes ausgetreten. Und sie wurde offensichtlich beim Schuss nicht aufgesetzt. Das widerspricht im Regelfall einem Selbstmord.«

»Das befürchte ich auch. Warten wir ab, wie Walter das einschätzt. Der Tote ist übrigens 48 Jahre alt und heißt Frank Brause.«

»Apropos Brause«, mischte sich Kim Kaiser ein, »hat jemand von euch etwas zu trinken dabei?«

Kretzers Handy klingelte. Nach einem kurzen Gespräch verkündete er: »Egal ob Selbstmord oder Mord, nun kommt unsere unangenehme Aufgabe. Der Tote ist verheiratet und hat eine Tochter. Wir müssen die Angehörigen benachrichtigen.«

»Dabei sollte dich Kim begleiten. Ich informiere mich über den Toten im Internet«, sagte Juan, der solche Pflichten hasste, und eilte davon.

Das Ziel des Hauptkommissars und seiner Mitarbeiterin lag nicht weit von dem Waldparkplatz neben einem Friedhof. Es war ein recht altes Haus aus rotem Backstein, an das ein kleiner Blumenladen angrenzte. Alles sah außergewöhnlich gepflegt aus, der Vorgarten und die Dekoration im Schaufenster. Die makellos sauber geputzten Fenster erinnerten Kim Kaiser daran, dass diese Arbeit auch in ihrer Wohnung dringend nötig war.

Zuerst klingelten die Ermittler an der Haustür. Niemand öffnete.

»Die Ehefrau ist vielleicht im Laden«, vermutete die Kommissarin. »Darüber steht deutlich ‚Gärtnerei Brause‘.«

Die beiden gingen dorthin, öffneten die Ladentür, was eine

Glocke an der Decke in Bewegung setzte und läuten ließ. Die Ermittler traten ein. Es war ein kleiner, überschaubarer Raum mit einem Verkaufstresen. Auf zwei Tischen standen gebundene Blumensträuße und Gestecke. Ein Mensch war nicht zu sehen.

Doch dann wurde hinter dem Verkaufstresen ein Vorhang beiseitegeschoben und eine Frau sprach lächelnd die Worte: »Guten Tag, was kann ich für Sie tun?«

»Guten Tag. Mein Name ist Kretzer und neben mir steht meine Kollegin Kim Kaiser. Wir arbeiten bei der Polizei. Sind Sie Anna Brause?«

Die Frau wurde leichenblass und stammelte: »Was wollen Sie von mir?«

»Können wir vielleicht hinüber in Ihr Haus gehen?«, schlug Kim vor.

Die Angesprochene wirkte sehr ängstlich. »Ich darf den Laden nicht schließen.«

»Ich denke, das ist eine Ausnahmesituation«, erklärte der Hauptkommissar streng.

Kim formulierte das angesichts der sichtlich beunruhigten Frau anders: »Bitte, vertrauen Sie uns. Ihre Kunden werden Verständnis haben. Lassen Sie uns das Gespräch in Ihrem Haus führen.«

Dann deutete sie mit einem aufmunternden Lächeln zur Tür.

Die drei betraten das alte Gebäude, dessen Innenräume ausgesprochen modern ausgestattet waren. Schon im Flur glänzten weiße Fliesen. Kim fragte sich, ob diese für die oft schmutzigen Schuhe von Gärtnern nicht ungeeignet waren. Doch sogleich wurden die Besucher aufgefordert, ihre Straßenschuhe gegen bereitgestellte Filzpantoffeln zu tauschen.

Sie wurden ins Wohnzimmer geführt, in dem sich das Bild von klinischer Sauberkeit fortführte. Mit zitternder Stimme bat die Hausherrin die beiden Ermittler, auf dem ebenfalls weiß bezogenen Sofa Platz zu nehmen. Dann sank auch sie in einen Sessel.

Ein Blick auf ihren Chef bestätigte Kim, dass es ihre Aufgabe sein sollte, die Nachricht vom Ableben des Mannes zu übermitteln.

»Frau Brause, wir müssen Ihnen leider mitteilen, dass Ihr Gatte Frank Brause tot aufgefunden wurde.«

Zuerst schien die Frau die Nachricht nicht zu verstehen. Sie schaute ungläubig, doch dann schaltete sich ihr Verstand ein und sie fragte ungerührt: »Hatte mein Mann einen Autounfall?«

»Nein«, erklärte Kretzer und wurde, ehe er fortfahren konnte, von der Frau unterbrochen.

»Also ein Arbeitsunfall. Ist er schon wieder ungesichert auf einen Baum geklettert?«

Kim und Kretzer schauten sich an, dann sagte der Hauptkommissar: »Nein, er starb durch einen Kopfschuss.«

Die Frau starrte die Ermittler an, ohne dass ihre Miene ein Gefühl zeigte. Dann fragte sie beinahe scherzhaft: »Wer erschießt denn einen Gärtner? Ein unzufriedener Kunde? Das ist doch absurd.«

»Halten Sie es für möglich, dass Ihr Mann Selbstmord begangen hat?«, fragte Kretzer.

»Warum denn das? Unsere Geschäfte laufen gut. Reich können wir damit zwar nicht werden, doch hungern müssen wir auch nicht.«

»Hatte Ihr Mann eine Schusswaffe?«

»Das weiß ich nicht. Er war als junger Mann ein wilder Gesell, vielleicht besaß er aus dieser Zeit noch eine Waffe.«

Plötzlich sackte die Frau in sich zusammen.

»Wie soll es denn nun weitergehen? Wir haben für die Gartenarbeit nur zwei Angestellte. Doch die wissen ohne meinen Mann überhaupt nicht, was zu tun ist.«

Kim Kaiser erwartete, dass die Frau nun beginnen würde zu weinen, weil sie wohl erst jetzt die Tragweite der Todesnachricht erkannt hatte. Doch diese flüsterte nur: »Wie soll ich das unserer Tochter beibringen?«

»Ist Ihre Tochter im Haus?«, wollte Hauptkommissar Kretzer mit fester Stimme wissen.

»Nein, sie ist auf einer Klassenfahrt.«

»Und wie haben Sie heute den Tag verbracht?«, fuhr er sachlich fort.

»Wir sind wie immer früh aufgestanden, haben gefrühstückt. Dann fuhr mein Mann zur Arbeit, ich machte die Hausarbeit und öffnete um 10 Uhr den Laden. Um 12 Uhr habe ich ihn wieder geschlossen und zu Mittag gegessen. Um 14 Uhr habe ich dann wieder geöffnet.«

»Kann das jemand bezeugen? Hatten Sie Kunden?«

»Nein, vormittags ist es meist ruhig im Laden. So habe ich Zeit, Blumensträuße zu binden, Gestecke und Kränze anzufertigen. Die meisten Trauernden kommen erst nachmittags. Heute findet auch keine Beerdigung statt. Wer soll denn das alles bezeugen? Ich bin doch ganz allein.«

In diesem Moment schien es Anna Brause erst bewusst zu werden, dass ihr Ehemann nicht mehr lebte. Sie begann fast malerisch zu weinen. Ohne Schluchzen kullerten dicke Tränen ihre Wangen hinab.

»Können wir Sie allein lassen?«, fragte Kim, um sich wenigstens etwas mitfühlend zu zeigen. »Oder wünschen Sie psychologischen Beistand? Wir können das veranlassen.«

Stumm schüttelte die Frau den Kopf. »Ich brauche keine Hilfe.«

Die beiden Ermittler verabschiedeten sich.

Im Auto plapperte Kim Kaiser gleich los. »Es ist immer wieder erstaunlich, wie unterschiedlich die Leute so eine Schreckensnachricht aufnehmen. Frau Brause wirkte unheimlich sachlich, fast als ginge sie das Ganze gar nichts an. Nicht mal, als sie begann zu weinen, konnte ich echte Trauer spüren.«

»Nun urteile bitte nicht zu hart. Vielleicht hat sie das ganze Ausmaß unserer Nachricht noch nicht wirklich begriffen.«

»Zwar habe ich nur einen kurzen Blick auf den toten Frank Brause geworfen, aber ich fand den Mann hässlich und ungepflegt. So eine attraktive Frau passt doch gar nicht zu ihm. Dieses volle, lange braune Haar, die großen Augen und roten Lippen, die üppigen Brüste bei einer schlanken Gestalt müssen doch auch auf andere Männer anziehend gewirkt haben. Außerdem scheint sie jünger als der Tote zu sein.«

»Ja, ich war auch erstaunt, wie beinahe aufreizend schön die Frau ist. Frank Brause war 48 Jahre alt. Seine Frau sieht auf jeden Fall jünger aus.«

»Mir kam es manchmal vor, als hätte die Frau etwas zu verbergen«, sagte Kim.

»Das fällt wohl eher in den Bereich weibliche Intuition. Ich habe schon oft bei dem Überbringen von Todesnachrichten erlebt, wie die Betroffenen zwischen Sachlichkeit und Selbstmitleid hin und her schwankten. Rückschlüsse dürfen wir daraus nicht ziehen.«

»Guck mal, Frau Brause beobachtet uns durchs Fenster. Dabei macht sie den Eindruck, als würde unsere Gegenwart sie ängstigen.«

»Na ja, die Anwesenheit der Polizei ängstigt doch viele. Lass uns ins Büro fahren und sehen, womit sich Juan bisher beschäftigt hat.«

Juan saß an seiner liebsten Ermittlungshilfe, dem Computer.

»Na, wie war es bei der Witwe?«, fragte er.

»Du kannst dich freuen, dass so eine attraktive Frau nun

wieder frei ist«, scherzte Kim. »Anfangs machte sie einen sehr gelassenen Eindruck, bis dann doch einige Tränen kullerten.«

»Schade, ich konnte von ihr kein Foto im Internet oder den sozialen Netzwerken finden, aber so schön wie du, liebe Kim, ist sie bestimmt nicht«, schmeichelte Juan grinsend.

»Anna Brause, geborene Borgweg, ist zweiunddreißig Jahre alt, besuchte in Hamburg eine Gesamtschule und hat dann früh, also mit nur zwanzig Jahren, Frank Brause geheiratet. Vor zwölf Jahren bekamen sie die gemeinsame Tochter Melanie. Nach den Fotos von dem Mädchen in den sozialen Netzwerken zu urteilen, hat sie die Schönheit der Mutter geerbt.«

»Und was hat dein Gerät zu dem Toten ausgespuckt?«, fragte Kretzer.

»Frank Brause, achtundvierzig Jahre alt, ebenfalls in Hamburg geboren, besuchte die Hauptschule und machte anschließend eine Lehre im Gartenbaubetrieb seines Vaters. Früher muss er ein recht wilder Gesell gewesen sein, denn er wurde verurteilt, Sozialstunden wegen leichter Körperverletzung und kleineren Diebstählen abzuleisten. Seit etlichen Jahren liegt nichts mehr gegen ihn vor. Er hat noch einen Bruder, der in München lebt.«

»Leider helfen uns diese Informationen nicht wirklich weiter«, stellte Kretzer nüchtern fest. »Hast du von der Telefongesellschaft schon die Liste mit seinen Telefonverbindungen angefordert?«

»Natürlich, antwortete Juan fast beleidigt, dass sein Chef nachfragte. »Ich erwarte sie morgen per Mail.«

»Vielleicht ergibt sich daraus ein Hinweis. Zurzeit weiß ich nämlich noch nicht, wo wir ansetzen sollen.«

»Es ist nur so ein Gefühl«, mischte sich Kim Kaiser ein. »Aber mir ist die Ehefrau verdächtig. Immerhin hat sie eine Erbschaft zu erwarten. Wenn der Tote schon mal wegen Körperverletzung aufgefallen ist, hat er sie vielleicht geschlagen. Oder er hat seine Tochter sexuell missbraucht.«

»Ja, Kim, wir wissen, dass die Gründe für Morde oft im häuslichen Bereich zu finden sind. Aber noch gibt es für deine Vermutungen keine Grundlage. Du kannst trotzdem diese Fährte verfolgen. Ich gehe kurz zu Walter in die Gerichtsmedizin und frage, ob er schon etwas gefunden hat, was uns weiterhilft. Den Selbstmordgedanken sollten wir, auch wenn er unwahrscheinlich ist, nicht ganz ausschließen. Ihr könnt erstmal Feierabend machen.«

Juan kaufte sich auf seinem Heimweg an einem Stand ein halbes Brathähnchen. Da er gerade solo war, musste er sich allein um seine Mahlzeiten kümmern, was er oft vernachlässigte. Seit er vor einigen Wochen einen Lehrgang beim Bundeskriminalamt besucht hatte, bei dem die Teilnehmer im für die Ermittlungen notwendigen Umgang mit dem Computer geschult worden waren, saß er in seiner Freizeit fast ausschließlich vor diesem Gerät, das mit Genehmigung seiner Vorgesetzten mit den Dateien seiner Dienststelle vernetzt war.

Auf dem Lehrgang beschwerten sich die Teilnehmer untereinander darüber, dass sie an ihrem Arbeitsplatz oft Probleme hatten, an die Informationen anderer Dienststellen zu gelangen, weil Vorschriften über die Zuständigkeit der Behörden und der Schutz der persönlichen Daten der Bürger dieses verhinderten. Sondergenehmigungen zu erhalten war schwierig und zeitaufwendig.

Abends beim Bier wurde dann heftig diskutiert, dass durch Regelungswahn und Political Correctness die Ermittlungen erheblich behindert und verzögert wurden. Das störte Juan schon lange, und nun fand er dort Seelenverwandte, die meinten, die Vorschriften schützten nur die Verbrecher. So fand sich schon am zweiten Abend eine Gruppe aus sieben Männern zusammen, die das nicht mehr hinnehmen wollten.

Sie schlossen einen Pakt, der zuerst einmal absolute Verschwiegenheit anderen Menschen gegenüber forderte, denn sie wussten, dass sie sich mit ihrem Plan auf dünnem Eis bewegten, sie sogar ihren Job verlieren konnten. So in Ehre miteinander verbunden, gestanden einige, dass sie schon Qualitäten als Hacker unter Beweis gestellt hatten. Die Gruppe, die sich selbst »Die glorreichen Sieben« nannte, nahm sich vor, möglichst alle behördlichen Computer mit ihren eigenen, privaten zu vernetzen.

Juan freute sich, als er sein Gerät einschaltete, dass wenigstens einige seiner Verbündeten online waren. Die anderen hatten vermutlich Nachtschicht. Der Plan der Vernetzung der unterschiedlichsten Dateien war bereits weit fortgeschritten. Nun wollte der Kommissar herausfinden, was er noch über Frank Brause finden konnte.

Das Stöbern in den verschiedenen Dateien fesselte Juan, auch wenn er nichts Erhellendes über den Toten fand. Also forschte er nach Informationen über dessen Witwe Anna Brause, geborene Borgweg, und entdeckte Erstaunliches. Da war die Zeit aber schon bis weit nach Mitternacht fortgeschritten. Juan beschloss ins Bett zu gehen.

Als er in seiner Dienststelle erschien, hatte er sich einen Plan ausgedacht, seine neuen Erkenntnisse mit seinen Kollegen zu teilen, ohne etwas über die Vernetzungen an seinem privaten Computer preisgeben zu müssen, denn was er getan hatte, war nicht erlaubt.

»Wie siehst du denn aus?«, empfing ihn Kim Kaiser. »Hast du die Nacht durchgezecht?«

»Ja«, log er. »Ich habe mich mit einem Kollegen von der Sitte getroffen und es wurde sehr spät. Ist der Kaffee schon fertig?«

Kim reichte ihm einen Becher mit den Worten: »Du Ärmster, selbst in deiner Freizeit tauschst du dich noch mit Kollegen aus. Wir Beamte sind eben immer im Dienst.«

Juan schwieg und trank seinen Kaffee. Als er sah, dass Kim nach ihrer Jacke griff, fragte er: »Worauf willst du denn los?«

»Unter dem Vorwand, mich nach ihrem Befinden zu erkundigen, besuche ich noch mal die Witwe des Toten. Irgendwie ist sie mir verdächtig und Richard hat gesagt, ich dürfe in diese Richtung weiterermitteln.«

»Gut, ich werde dich begleiten. Wir sollen ja Vernehmungen immer zu zweit führen. Und vielleicht brauchst du auch einen Zeugen.«

»Gib doch zu, dass du nur neugierig auf die attraktive Frau bist. Aber komm ruhig mit.«

»Wo ist eigentlich unser Chef?«

»Ich vermute, in der Rechtsmedizin. Gestern lagen wohl noch keine Ergebnisse vor. Walter arbeitet ja gern nachts.«

Tatsächlich waren die rechtsmedizinischen Untersuchungen abgeschlossen. Zur Begrüßung bekam der Hauptkommissar einen heißen Kaffee in die Hand gedrückt.

»Was meinst du, Walter, kann der Tote Selbstmord begangen haben?«

»Hundertprozentig möchte ich mich nicht festlegen. Dagegen spricht, dass der Schuss eindeutig nicht aufgesetzt war. Und die Waffe habt ihr auch noch nicht gefunden. Auf jeden Fall war die Todesursache für sein Ableben ein Kopfschuss. Ansonsten war der Mann kerngesund.«

»Die Kugel steckte noch?«

»Ja, laut Ballistik ist es eine 7,65 Browning, ein bei den Jägern beliebtes Kaliber für den Fangschuss.«

»Woher weißt du das denn?«

»Meine Schwester macht gerade ihren Jagdschein und nervt uns ständig mit ihrem Wissen.«

»Der Tote wird doch kein Jagdgewehr benutzt haben.«

»Bestimmt nicht.« Der Gerichtsmediziner lachte. »Er müsste

schon sehr lange Arme gehabt haben, um sich mit so einem Gewehr einen Kopfschuss aus circa 15 Zentimeter Entfernung zu verpassen. Das Kaliber ist gebräuchlich für Pistolen.«

»Wie schätzt du den Tathergang ein?«

»Der Schusskanal ist ganz gerade, also denke ich, dass eine neben dem Mann sitzende Person ihn erschossen hat. Da die Kugel seitlich in die Schläfe eingedrungen ist, wurde das Opfer vermutlich überrascht, sonst hätte es den Täter angeschaut.«

»Du gehst also, genau wie ich, von einem Tötungsdelikt mit einer Fangschusspistole aus. Hast du sonst noch irgendetwas gefunden, was uns bei der Suche nach dem Täter weiterhelfen kann?«

»Nein. Zwar hatte der Mann einige kleinere Verletzungen an Armen und Händen, aber die sind typisch für Menschen, die im Garten arbeiten.«

»Danke, Walter, dann werde ich mich mal zur Spurensicherung aufmachen.«

Dort erfuhr der Hauptkommissar, dass der Wagen übersät war mit unterschiedlichen Fingerabdrücken. Die Sitze und Böden waren mit Staub und Erde verschmutzt. Lange hatte sich niemand mehr die Mühe gemacht, das Innere des Autos zu reinigen. Zwar ließen seine Kollegen alle verwertbaren Fingerabdrücke durch den Computer laufen, aber bisher konnte keiner einer Person zugeordnet werden. Eine Waffe oder irgendwelche Hinweise wurden nicht gefunden. Auf dem Parkplatz zeigten sich logischerweise so viele Reifenspuren, teilweise schon unkenntlich, dass sich die Kollegen gar nicht erst die Mühe gemacht hatten, diese zu registrieren.

Mutlos kehrte Kretzer in sein Büro zurück, das er verwaist vorfand. Auf seinem Schreibtisch fand er die Nachricht, dass seine Mitarbeiter die Witwe des Toten besuchten. Kim hatte sich wohl in den Verdacht verbissen, dass diese Frau etwas mit dem Ableben ihres Gatten zu tun hatte. Aber was konnte ihr Motiv sein? Warum sollte sie mit ihrem Mann zu dem Waldparkplatz gefahren sein? Hatte es dort einen Streit gegeben? Und warum trug die Frau eine Pistole bei sich? Hatte sie den Mord geplant?

Grübelnd setzte sich der Hauptkommissar und trank einen lauwarmen Kaffee, der seine Laune auch nicht besserte.

Kim und Juan kamen vor dem Haus des Toten an.

»So 'ne alte Hütte neben einem Friedhof. Wer will denn darin wohnen?«, war Juans erster Kommentar.

»Lass deine abfälligen Bemerkungen«, tadelte ihn Kim. »Für eine Gärtnerei ist die Lage doch perfekt.«

Die beiden stiegen aus dem Auto und gingen zum Haus, ohne zu bemerken, dass Anna Brause sie durch ein Fenster beobachtete. Also wurde, als sie klingelten, gleich geöffnet.

Mit einem möglichst mitfühlenden Gesichtsausdruck sagte die Kommissarin: »Guten Tag, Frau Brause. Wir wollten uns erkundigen, wie es Ihnen geht und ob wir etwas für Sie tun können.«

Juan drängelte sich vor und sprach mit herrischer Stimme: »Lass uns erstmal reingehen.«

Erschrocken wich die Hausherrin zur Seite aus und ließ die Ermittler durch.

Unsicher fragte sie: »Darf ich Ihnen einen Kaffee anbieten?«

»Gern«, antwortete Juan und sah sich ungeniert um.

Kim empfand sein Benehmen als rücksichtslos, wusste aber nicht, wie sie ihn unauffällig stoppen konnte. Juan benahm sich wie der Eigentümer des Hauses, sah einen Stapel Post durch, betastete die Jacken und Mäntel an der Garderobe und ignorierte die Bitte von Anna Brause, die Straßenschuhe durch Filzpantoffeln zu ersetzen.

Obwohl aufgefordert, sich im Wohnzimmer hinzusetzen,

fuhr der Ermittler fort damit, den Raum genau zu inspizieren. Er wischte sogar mit einem Finger über ein Regal, um zu sehen, ob Staub darauf lag. Schließlich setzte auch er sich und bemerkte: »Sie sind eine sehr gewissenhafte Hausfrau.«

Die Frau lächelte verlegen.

»Oder beschäftigen sie eine Putzfrau?«, wollte Juan wissen.

»Nein!«, protestierte Frau Brause energisch. »Ich kümmere mich selbst um alles. Mein Mann hat es gern sehr sauber und ordentlich und will nicht, dass fremde Personen in unseren Sachen herumwühlen.«

Als sie den Satz ausgesprochen hatte, wurde ihr der Tod ihres Mannes wieder bewusst. Angst und Hilflosigkeit überschatteten ihr Gesicht.

»Liebe Frau Brause«, übernahm Kim das Gespräch, »Ihr Verlust ist schrecklich und Sie haben unser volles Mitgefühl.« Dabei schickte sie einen strengen Blick zu Juan. »Wird Ihre Tochter von der Klassenfahrt nach Hause kommen und Ihnen beistehen?«

»Ich habe zwar wie jeden Abend schon mit ihr telefoniert, habe ihr jedoch noch nicht gesagt, dass ihr Vater gestorben ist. Sie soll die Tage genießen. Sie erfährt das noch früh genug.«

»Sie Ärmste müssen sich nun auch um den Gartenbaubetrieb kümmern. Das ist bestimmt viel Arbeit.«

»Unsere beiden Angestellten kommen erstmal allein zurecht. Und sie stehen mir freundschaftlich zur Seite.«

Juan ergriff wieder das Wort. »Sie sind eine gutaussehende Frau. So eine Person gehört doch nicht in die Nähe eines Friedhofs und auch nicht in einen Blumenladen. Verkaufen Sie alles und fangen Sie ein neues Leben an.«

Frau Brause erschrak ob dieses Vorschlags. Auch Kim war entsetzt über Juans Dreistigkeit. Sie stand auf und sagte: »Nächstes Mal werde ich Sie allein besuchen. Ich wünsche

Ihnen viel Kraft und hoffe sehr, dass Sie Freunde haben, die Ihnen helfen.«

Anna Brause brachte die Ermittler zur Tür. Als sie Juan die Hand gab, schauten die beiden sich tief in die Augen. Der Kommissar lächelte und eine seltsame Stimmung lag in der Luft.

Als sie wieder im Auto saßen, konnte Kim nicht an sich halten. »Das war ein mehr als peinlicher Auftritt von dir!«, herrschte sie ihren Kollegen an. »Du hast dich benommen wie ein Pascha gegenüber einer Untergebenen. Dabei wollte ich ganz diplomatisch herausfinden, ob die Frau ihren Mann umgebracht hat. Du hast meine ganze Strategie zunichte gemacht. Was bildest du dir eigentlich ein?«

Juan rang mit sich, dann antwortete er: »Ich habe mich doch gestern Abend mit einem Kollegen von der Sitte getroffen. Wir haben reichlich gebechert. Nur mal so als Schuss ins Blaue erwähnte ich die Namen Frank und Anna Brause.«

»Bist du verrückt geworden, über laufende Ermittlungen mit Fremden zu sprechen?«, schimpfte Kim.

»Na ja, ich war wohl etwas besoffen. Sag bitte unserem Chef nichts davon.«

»Natürlich schweige ich. Hast du wenigstens etwas herausgefunden, das uns weiterhilft?«

»Nein, die Namen waren meinem Kumpel unbekannt. Aber als ich den Geburtsnamen von Anna Brause erwähnte, klingelte es bei ihm. Irgendwann vor längerer Zeit war ihm der Name Anna Borgweg mal untergekommen. Dann fiel ihm ein, dass er einst während seiner Ausbildung bei der Sitte diesen Namen gehört hatte. Er grübelte kurz und erinnerte sich dann an eine Prostituierte mit diesem Namen. Sie war damals 18 Jahre alt und korrekt in einem Bordell registriert. Aber es bestand der Verdacht, dass sie schon als Minderjährige für diesen Zuhälter auf dem Straßenstrich gearbeitet hatte. Beweise dafür fanden sie aber nicht, und die junge Prostituierte, die sich Lilly nannte, schwieg eisern.«

»Frau Brause, eine ehemalige Prostituierte. Okay, aber nun ist sie eine solide Frau. Was soll uns das helfen?«

»Erstmal erklärt das, warum ein solch hübsches Weib die Ehefrau eines hässlichen Typen ist. Vermutlich hat sie ihn im Job kennengelernt und er sie später freigekauft.«

»Dann hatte sie also Glück.«

»Und ihre Vergangenheit erklärt auch, warum sie ein Putzteufel ist. So ein Verhalten ist für Ex-Prostituierte typisch. Damit wollen sie wohl den Dreck aus ihrem alten Leben wegputzen.«

»Mag sein. Trotzdem weiß ich nicht, was wir mit dieser Info anfangen sollen.«

»Das ist mir auch noch nicht klar. Fakt ist aber, dass diese Weiber knüppelhart und hinter Geld her sind. Eine Waffe könnte sie noch aus ihrer Zeit als Prostituierte besitzen. Nun ist sie ihren hässlichen Gatten los und kann sich vermutlich auf eine Erbschaft freuen.«

Kim dachte nach.

»Ich war gleich misstrauisch, was diese Frau angeht. Sie reagierte ziemlich cool auf den Tod ihres Mannes. Vielleicht sollten wir mal herausfinden, wie hoch ihre Erbschaft sein wird.«

»Ja, aber dafür brauchen wir Richards Unterstützung. Wie sollen wir ihm erklären, woher unser Wissen kommt?«

»Keine Ahnung, aber mir wird schon etwas einfallen. Schau mal, Frau Brause beobachtet uns aus dem Fenster.«

Lächelnd sagte Juan: »Sie hat wohl bemerkt, dass ich ihr Geheimnis durchschaut habe.«

»Kein Wunder, du hast dich in dem Haus benommen wie ihr Zuhälter.«

»Ich wollte sie provozieren, ihre Reaktion sehen. Findest du nicht, sie hat sich genauso widerstandlos verhalten wie eine jahrelang geknechtete Frau?«

»Lass uns das Gespräch im Büro fortführen«, schlug Kim vor. Sie fuhren ab.

Hauptkommissar Richard Kretzer hatte gerade frischen Kaffee aufgesetzt, als seine Kollegen den Raum betraten.

»Morgen, ihr beiden. Na, Kim, hat sich dein Verdacht bestätigt?«

»Die Frau ist mir immer noch irgendwie unsympathisch. Sie hat noch nicht mal ihrer Tochter vom Tod des Vaters berichtet. Mal wirkt sie verängstigt und mal unheimlich cool. Aber nun habe ich eine Begründung dafür gefunden.«

Die Kommissarin machte eine Pause, um die Spannung zu erhöhen. Kretzer schaute sie schmunzelnd neugierig an.

»Anna Brause arbeitete mal als Prostituierte.«

Auch wenn Kretzer diese Nachricht erstaunte, fragte er nicht nach der Quelle dieser Information.

»Und was schließt du daraus?«

»Diese Frauen sind der Polizei gegenüber misstrauisch und zurückhaltend. Und sie verkehren in Kreisen, in denen sie sich leicht eine Pistole besorgen können.« Kim lächelte triumphierend.

»Auch wenn ich deine Vorurteile nicht schüren möchte, habe ich etwas erfahren, was deinen Verdacht vermutlich noch erhärtet.«

Nun schaute er in die gespannten Gesichter und verzögerte die Worte über seine Erkenntnisse.

»Ich warte zwar noch auf die offizielle Genehmigung der Staatsanwaltschaft zur Einsicht in die Bankkonten des Toten, rief aber bei dem Institut schon an, um einen Termin zu vereinbaren. Verbunden mit dem zuständigen Sachbearbeiter teilte ich diesem mit, dass Frank Brause verstorben sei. Und der plauderte gleich los, dass sich dessen Frau nun über die Auszahlung einer stattlichen Lebensversicherung freuen könne. Ich frage ihn, woher er das wisse, und er erklärte, dass er diese dem Ehepaar selbst vermittelt habe.«

»Dann ist doch alles klar«, begeisterte sich Kim. »Wie viel Geld bekommt denn die Witwe?«

»Das werde ich heute Nachmittag erfahren. Juan, du müsstest die Liste mit den Telefonverbindungen von Frank Brause schon auf deinem Computer finden. Kim, dir werden die entsprechenden Daten von Anna Brause zugeschickt. Damit könntet ihr euch beschäftigen, während ich bei der Bank bin. Aber nun machen wir erstmal Mittagspause.«

Es war ein junger, dynamischer Mittdreißiger, der den Hauptkommissar in der Bank empfing. Deutlich war ihm anzumerken, wie spannend er es fand, mit einem Mordfall zu tun zu haben. Das hatte er messerscharf daraus geschlossen, dass sich die Mordkommission für den Toten interessierte.

Gleich wollte er über die Lebensversicherung sprechen, doch Kretzer bat ihn, zunächst über die allgemeine finanzielle Lage der Brauses zu informieren. Das Gartenbau-Unternehmen stand auf soliden Füßen, etwas Geld hatte das Ehepaar sicher angelegt. Doch Reichtümer besaßen sie nicht. Dann endlich konnte der Sachbearbeiter die Lebensversicherung ansprechen.

»Vor zwei Jahren war Frank Brause bei dem Beschnitt eines Baumes gestürzt. Zwar war seine Verletzung nicht so schwer, aber anfangs befürchtete das Ehepaar, er könnte seinen Beruf nur noch eingeschränkt ausüben. Beiden wurde wohl erst durch diesen Sturz bewusst, dass die Tätigkeit im Gartenbau auch lebensbedrohlich sein kann. Eine Berufsunfallversicherung besaß Frank Brause schon, also überzeugte ich ihn, zur Absicherung seiner Frau auch noch eine Lebensversicherung abzuschließen. Erstaunt war ich allerdings, dass er sich für eine Versicherungssumme von zwei Millionen entschied. Aber die zahlt nicht bei Selbstmord. Wie ist denn Frank Brause gestorben?«

Der sensationslüsterne Blick des Mannes amüsierte den Hauptkommissar. »Zwar ist ein Selbstmord nicht gänzlich auszuschließen, aber momentan gehen wir von einem Tötungsdelikt aus.«

»Dann hat also seine Frau ihn umgebracht? Die beiden passten ja auch überhaupt nicht zusammen. Frau Brause sieht doch richtig gut und sexy aus. Warum hat sie bloß diesen Proleten geheiratet?«

»Wir stehen erst am Anfang unserer Ermittlungen. Hat Frau Brause ein eigenes Konto bei Ihrer Bank?«

»Nein«, antwortete der Sachbearbeiter. »Aber sie hat für alle Konten ihres Mannes schon seit Jahren eine Vollmacht.«

»Danke, das war's fürs Erste. Wenn ich noch Fragen habe, melde ich mich bei Ihnen. Zunächst danke ich Ihnen für die Auskunft.«

Kretzer machte sich wieder auf ins Büro. Der Tote war zwar keine Schönheit gewesen, aber warum wurde er auf seine Äußerlichkeit reduziert? Er führte erfolgreich ein kleines Unternehmen, schätzte Sauberkeit und Ordnung und war offensichtlich so ein vorausdenkender Gatte, dass er sich um die Absicherung seiner Ehefrau kümmerte. Das alles widersprach doch nicht einem edlen Charakter.

Aber die hohe Lebensversicherung ließ schon den Verdacht zu, dass Anna Brause ihren Mann aus Habgier getötet hatte. Vielleicht hatte er sie schlecht behandelt, hatte sie sogar geschlagen oder ihr ständig ihre ehemalige Tätigkeit als Prostituierte vorgehalten. Sich dauerhaft aus so einer häuslichen Situation befreien zu wollen, kann durchaus zu einem Mord führen.

Als er seinen beiden Mitarbeitern von den Ermittlungen bei der Bank berichtete, tönte Kim gleich: »Da haben wir es. Die Frau war nur hinter seinem Geld her.«

»Zwar hast du Recht, dass Geld oft, wenn nicht sogar meistens der Grund für ein Tötungsdelikt ist, aber beweisen können wir der Frau noch nichts.«

»Die Indizien reichen doch aus.«

»Eben nicht. Es sind nur Mutmaßungen. Jeder mäßig begabte Rechtsanwalt haut uns diese um die Ohren. Kim, ich habe dir schon häufiger gesagt, dass wir unsere Ermittlungen nicht zu einseitig führen dürfen.«

Die Kommissarin schaute beleidigt.

»Was haben die Telefonverbindungen ergeben?«

Kim wollte ihrem Chef schnell beweisen, dass sie fleißig gewesen war, und antwortete: »Anna Brause hat nur mit ihrem Mann, ihrer Tochter und einem der Angestellten telefoniert. Aber mit Letzterem hat sie auch außerhalb der Arbeitszeiten gesprochen. Er könnte ihr Geliebter sein.«

»Du meinst, er könnte mit ihrer Hilfe den Mord begangen haben? Dann überprüfe sein Alibi für den Mordzeitpunkt.«

»Das habe ich schon. Leider scheint das wasserdicht, denn er arbeitete mit seinem Kumpel zusammen an der Grünfläche vor der Sozialbehörde, wo ihn etliche Zeugen sahen.«

»Machen die Gärtner keine Mittagspause?«, fragte Kretzer.

»Doch, aber sie aßen in der Kantine der Behörde, wo sie auch gesehen wurden.«

»Und was haben die Telefonaufzeichnungen von dem Toten ergeben, Juan?«

»Abgesehen von Telefonaten mit den Familienangehörigen, seinem Bruder und den Mitarbeitern, rief er in letzter Zeit öfter den Hausanschluss von einem Mann namens Professor Doktor Erfried Postmann an.«

»Und was wissen wir über diesen Professor?«

»Nur, dass er für einen großen Chemiekonzern arbeitet.«

»Wenn wir weiter nichts haben, besuchen wir den Herrn mal.«

Die drei Ermittler landeten vor einer prächtigen Villa auf einem parkähnlichen Grundstück.

»Alle Achtung«, bemerkte Juan beim Aussteigen. »Hier riecht es nach Geld.«

Die Haustür öffnete eine sehr gepflegt und außergewöhnlich gut aussehende, recht junge Frau. Als sich die Ankömmlinge als Kriminalpolizisten vorstellten, wendete sich diese abrupt ab und bat sie darum, einzutreten.

»Mit wem haben wir die Ehre?«, fragte Kretzer höflich.

Die Frau drehte sich wieder zu ihm um, lächelte und stellte sich vor.

»Ich bin die Hausherrin, Corinna Postmann. Wie kann ich Ihnen helfen?«

Die Gäste wurden ins Wohnzimmer geführt und aufgefordert, sich zu setzen.

»Darf ich Ihnen etwas anbieten?«

Ohne seine Mitarbeiter anzusehen, lehnte der Hauptkommissar ab. Auch die Gastgeberin ignorierte Kim und Juan, blickte nur Kretzer an.

»Ist Ihr Mann im Hause?«

»Nein, er befindet sich diese Woche auf einer Geschäftsreise. Ich erwarte ihn erst morgen zurück.«

»Gut, vielleicht können Sie uns weiterhelfen.«

»Gern, worum geht es?«

»Von Ihrem Hausanschluss wurden in letzter Zeit häufiger Telefongespräche mit Frank Brause geführt. Was war der Anlass?«

Frau Postmann zögerte einen Moment und antwortete dann: »Ach, der Gärtner. Mit dem hat mein Mann mehrfach telefoniert, weil wir jemanden für unsere Außenanlage suchen. Dort soll allerlei gestutzt und neu gepflanzt werden. Der Mann schaute sich auch unseren Garten an, doch sein Angebot für die Arbeiten erschien meinem Mann zu hoch. Als mein Mann ihm das sagte, verschwand er zwar sofort, rief aber später noch an, um über den Preis zu verhandeln. Wenn aber mein Mann eine Entscheidung einmal gefällt hat, rückt er davon nicht mehr ab. Warum wollen Sie das wissen?«

Juan Montez mischte sich ein. »Wie lange ist Ihr Mann schon auf Geschäftsreise?«

»Seit fünf Tagen. Aber können Sie mir bitte endlich sagen, warum Sie das alles wissen wollen?«

»Herr Brause ist tot und die Umstände seines Ablebens sind noch unklar«, erklärte Kretzer.

Auf diese Nachricht reagierte Frau Postmann vollkommen ungerührt.

»Und was geht meine Familie das an?«, fragte sie betont gelangweilt.

»Sie verstehen sicher, dass wir alle Personen kontaktieren, zu denen der Tote in jüngster Zeit Kontakt hatte.«

Juan machte es wütend, dass die Gastgeberin ihn selbst dann nicht anschaute, wenn er eine Frage stellte, sondern ihren Blick starr auf Hauptkommissar Kretzer richtete. Wieder sprach er sie an.

»Aus der Verbindungsliste seiner Telefonate mit dem Handy geht hervor, dass Herr Brause am Tag seines Todes noch bei Ihnen angerufen hat. Das Gespräch war angenommen worden, dauerte aber nur kurze Zeit. Was sagen Sie dazu?«

Und wieder sah die Frau nur Kretzer an und antwortete: »Das stimmt. Ich sagte diesem aufdringlichen Mann nur, dass wir kein Interesse an seinen Dienstleistungen haben, und legte auf.«

Während sie sprach, verzogen sich ihre Gesichtszüge zu einer angewiderten Maske.

»Danke«, sagte Kretzer und erhob sich. »Wir haben erstmal keine weiteren Fragen.«

Als die Ermittler wieder im Auto saßen, plapperte Kim gleich los. »Die ganze Situation kam mir irgendwie bekannt vor. Eine sehr attraktive Frau in einem penibel sauberen Haus. Und dann stand auf der Anrichte noch das Hochzeitsfoto der Postmanns. Neben der entzückenden Braut lächelte ein mickriger, hässlicher und wesentlich älterer Mann. Das erinnert doch sehr an die Brauses.«

»Du hast eine exzellente Beobachtungsgabe, doch was schließt du daraus?«

»Keine Ahnung. Ich finde es nur seltsam.«

»Wir tappen also weiterhin im Dunkeln«, stellte Kretzer resigniert fest. »An einen Selbstmord von Frank Brause glaube ich aber wegen der fehlenden Waffe nicht. Schlafen wir eine Nacht drüber.«

Juan setzte sich zuhause gleich wieder an seinen PC. Ihn faszinierten die vielen Möglichkeiten, die ihm die illegale Vernetzung mit den unterschiedlichsten Dateien bot. Noch immer ärgerte er sich darüber, dass Frau Postmann so vehement jeden Blickkontakt mit ihm vermieden hatte. Das musste doch einen Grund haben. Im Internet erfuhr er nur, dass die Frau als Corinna Meier in München geboren und 36 Jahre alt war. Den Professor hatte sie vor 15 Jahren in Hamburg geheiratet und ihm zwei Söhne geschenkt. Außer dem Passfoto beim Einwohnermeldeamt fand er kein Foto von ihr im Internet.

Bei seinem ziellosen Surfen durch die deutschlandweiten Dateien stieß er plötzlich auf den 49-jährigen Bruder des Toten, Thomas Brause, genannt Bruce. Dieser war in München bekannt als ehemaliger Zuhälter, der heute mit seiner Frau, die vorher als Prostituierte für ihn gearbeitet hatte, eine Kneipe betrieb.

In Juans Kopf ratterte es. Eine ehemalige Prostituierte in Hamburg, die mit dem Bruder eines ehemaligen Zuhälters in München verheiratet ist, und eine Frau, die aus München stammt. Beide kannten den Toten. Zufall?

Zu den sogenannten »Glorreichen Sieben« gehörte auch ein Kriminalbeamter aus München namens Alfons Becker. Den rief Juan an.

»Hallo, Alfons, ich brauche mal deine Hilfe. Irgendwie gelingt es mir nicht, in die Archive der Münchner Polizei vorzudringen. Es geht um Thomas Brause, genannt Bruce, und eine Corinna Meier.«

»Hallo, Juan, wie geht's? Ich habe gerade keine Zeit, denn ich bin auf der Spur osteuropäischer Familienclans. Dank unserer Vernetzung mit allen Behördencomputern ergeben sich vollkommen neue Ansätze, um diese Verbrecher zu überführen. Und unserem Hackergenie Simon ist es sogar schon gelungen, dies auf andere europäische Länder auszuweiten. Das Problem sind nur die fremden Sprachen. Wir brauchen unbedingt noch ein zuverlässiges Übersetzungsprogramm.«

»Ist ja Wahnsinn. Endlich können wir diese Mafiastrukturen erkennen und diese Gangster überführen. Ich kann nur hoffen, dass die Verantwortlichen bei der Verbrechensbekämpfung endlich einsehen, wie hinderlich das ganze Gerede über Zuständigkeiten und Schutz der Persönlichkeitsrechte ist. Darauf nehmen doch auch die Verbrecher keine Rücksicht.«

»Wie Recht du hast, Juan. Also, wie kann ich dir helfen?«

»Was kannst du über Corinna Meier, über ihre Zeit in München herausfinden?«

»Okay. Warte einen Moment.«

Es herrschte Stille. Nach einiger Zeit fragte Alfons: »Erwähntest du nicht auch den Namen Bruce?«

»Ja.«

»Okay, dieser Bruce, oder Thomas Brause, war der Zuhälter

von einer Corinna Meier. Die ging schon als Minderjährige auf den Strich. Irgendwann ist sie dann verschwunden. Hilft dir das?«

»Und ob. Danke, und viel Erfolg bei der Vernichtung dieser Familienclans.«

Juan dachte angestrengt nach. Wenn Frank Brause seinen Bruder öfter in München besucht hatte, kannte er vielleicht auch Corinna Meier als Prostituierte. Dann sah er sie plötzlich als ehrbare Gattin eines Professors wieder. Wenn dieser nichts von der Vergangenheit seiner Frau weiß, wäre das eine hervorragende Grundlage für eine Erpressung.

Doch wie sollte Juan seinem Chef und Kim seinen neuen Ermittlungsansatz verdeutlichen, wenn seine Zusammenarbeit mit den »Glorreichen Sieben« geheim bleiben musste? Immerhin verstieß deren Vorgehen gegen verschiedene Gesetze und Verordnungen.

Als Richard Kretzer und seine Mitarbeiterin am nächsten Morgen zur gewohnten Zeit im Büro erschienen, vermissten sie Juan, der als sehr pünktlich galt. Aber die Kollegen tolerierten gelegentliches unentschuldigtes Fehlen untereinander. Also begannen beide gemeinsam, die lästige Pflicht des Ermittlungsberichts zu erfüllen. Sie sprachen darüber, welche Schlussfolgerungen aus dem erlangten Wissen gezogen werden könnten, kamen jedoch zu keinem befriedigenden Ergebnis. Es blieb nur der Verdacht, dass Anna Brause ihren Gatten aus Geldgier umgebracht haben könnte. Doch dieser stand auf tönernen Füßen.

Juan hatte sich entschlossen, ohne die anderen zu informieren, nochmals Corinna Postmann aufzusuchen. Die einzige Möglichkeit, die er sah, ohne seine Quelle preiszugeben, seine Erkenntnisse über die Vergangenheit der Frau und den daraus resultierenden möglichen Verbindungen zu dem Toten mit seinen Kollegen zu teilen, war, dass Frau Postmann eine entsprechende Aussage machte.

Diese traf Juan vor der Haustür, als sie gerade in ihr Auto steigen wollte.

»Entschuldigen Sie bitte, ich hätte da noch einige Fragen«, sprach der Ermittler sie an.

»Es tut mir leid. Ich bin auf dem Weg zu einer Verabredung. Kommen Sie bitte ein anderes Mal wieder.«

Erneut mied die Frau den Blickkontakt zu Juan.

Er ging aufs Ganze. »Kennen Sie einen Mann in München, der sich Bruce nennt?«

Frau Postmann erstarrte, drehte sich um und sagte: »Kommen Sie rein.«

Beide nahmen an einem Tisch in der offenen Küche Platz. Die Frau war gefasst, doch ihre Miene verriet deutlich, dass ihre Gedanken Achterbahn fuhren. Schließlich schaute sie Juan direkt in die Augen und sagte: »Sie kennen sich aus mit Prostituierten.«

Nun erschrak Juan, doch die Hausherrin lächelte.

»Ich sah Sie vor Jahren in Begleitung einer jungen Frau im Park. Meine Söhne waren noch klein und bauten Sandburgen auf dem Spielplatz. Es war deutlich zu erkennen, dass Sie beide ein Liebespaar waren. Doch dass Ihre Begleiterin einem verruchten Gewerbe nachging, erkannte ich auch.«

»Woran?«, fragte Juan empört.

»Wir erkennen uns untereinander. Die Angst vor Entdeckung auf öffentlichen Plätzen durch ehemalige Kunden und die Verachtung für die Scheinwelt der Normalbürger spiegelt sich in unseren Augen.«

Damit erklärte sich auch, warum Frau Postmann den Blickkontakt mit Juan gemieden hatte. Plötzlich fiel es ihm nicht schwer, sein Herz zu öffnen.

»Sie nannte sich Benita und ich habe sie geliebt. Wir lernten uns zufällig kennen und sie wickelte mich gleich mit ihrer charmant-lasziven Art um den Finger. Der Sex mit ihr war spannend und sehr freizügig. Erst als wir schon ein Paar waren, gestand sie mir, womit sie ihr Geld verdiente. Doch da hatte sie mich schon derart betört, dass ich den Rest meines Lebens mit ihr verbringen wollte. Aber sie weigerte sich, diesen Schritt zugehen, und verließ mich. Das konnte und wollte ich nicht einsehen. Erst eine Tracht Prügel ihres Zuhälters belehrte mich eines Besseren.«

»Es ist auch gefährlich, dieses Milieu zu verlassen«, erklärte die Frau. »Selbst wenn ein Freier eine Prostituierte freikauft, scheuen die Zuhälter nicht davor zurück, ihr vermeintliches Eigentum zurückzuholen.«

»Aber Sie haben es geschafft, auszusteigen.«

Frau Postmann lächelte versonnen. »Ich hatte einfach Glück. Als ich mich dazu entschloss, ermittelte die Polizei gerade gegen Bruce wegen einiger Minderjähriger, die für ihn arbeiteten. Also musste er unauffällig bleiben. Die Chance nutzte ich, verließ München, um in einer möglichst weit entfernten Stadt neu anzufangen. So kam ich nach Hamburg.«

»Haben Sie auch hier als Prostituierte gearbeitet?«

»Nein, ich lernte kurz nach meiner Ankunft meinen Ehemann kennen. Schon bei unserer ersten Begegnung war er vollkommen hingerissen von mir. Das steigerte sich noch, als wir im Bett gelandet waren. Vermutlich hatte dieser aus sehr gutem, biederen Hause stammende Mann, der sich schwertat im Umgang mit Frauen, lieber im Labor war als auf Partys zu gehen, noch nie so aufregenden Sex erlebt. Ich war damals erst zwanzig Jahre alt und mein Mann schon fünfzig. Als ich dann noch ungewollt schwanger wurde, sah er wohl seine letzte Gelegenheit zur Gründung einer Familie als gekommen. Wir heirateten.«

»Weiß Ihr Mann mittlerweile von Ihrer Vergangenheit?«

»Nein, und das wäre wohl auch ein Grund für ihn, sich sofort scheiden zu lassen. Er hat hohe moralische Prinzipien. Auch würde seine gesellschaftliche Stellung einen erheblichen Knacks bekommen. All das möchte ich weder ihm noch meinen beiden Söhnen zumuten.«

»Das kann ich gut verstehen. Aber Sie kannten Frank Brause.«

Frau Postmann verzog angewidert das Gesicht.

»Ja, er war der Bruder von Bruce und lernte mich bei einem seiner Besuche in München kurz kennen. Ein entsetzlicher Mensch, der seinem Bruder, diesem brutalen Zuhälter, in nichts nachstand.«

»Und dieser Typ erkannte Sie wieder, als er Ihren Garten besichtigte.«

»Richtig, aber er ließ sich gegenüber meinem Mann nichts anmerken. Diesem listigen Schwein lag nur daran, mich zu demütigen.«

»Und bevor das geschehen konnte, brachten Sie ihn um«, provozierte Juan ein Geständnis von Corinna Postmann.

Stumm blickte die Frau den Kommissar an. Sie machte einen kühl die Situation analysierenden Eindruck.

Juan dachte: »Wenn ich jetzt nicht angreife, misslingt mein Plan.«

»Die Fakten über Ihre Vergangenheit in München kann ich leicht beweisen. Daraus ergibt sich ein Motiv für den Mord an Frank Brause, der Sie vermutlich erpresste. Wenn wir also in diese Richtung ermitteln, wird Ihre ehemalige Tätigkeit als Prostituierte auch Ihrem Ehemann bekannt. Wollen Sie das?«

Wieder schwieg die Frau und dachte angestrengt nach. Schließlich fragte sie: »Was schlagen Sie vor?«

Juan atmete tief durch. Er hatte sich schon eine Strategie ausgedacht, bei der seine illegalen Ermittlungen unerkannt blieben und auch Frau Postmann geholfen werden konnte. Durch seine ehemalige Freundin, die er sehr geliebt hatte, fühlte er sich den Frauen verbunden, die mehr oder weniger freiwillig ihren Körper für Sex anboten. Also sagte er: »Sie wissen, dass ich Prostituierte nicht verurteile. Genauso gut kann ich verstehen, dass Ihre Vergangenheit ein Geheimnis bleiben soll. Wenn Sie also den Mord gestehen und kein weiteres Wort über die Hintergründe verlieren, werde ich mein Wissen auch für mich behalten.«

Frau Postmann sah ihn erstaunt, aber nicht misstrauisch an.

»Gehen Sie manchmal joggen?«

Verwirrt über diese Frage antwortete sie: »Ja, gelegentlich.«

»Auch in dem Wald neben dem Parkplatz, auf dem der Tote gefunden wurde?«

Nun lächelte Frau Postmann, denn sie durchschaute die Absicht des Kommissars.

»Ja, und wohl auch an dem Tag des Mordes.«

»Richtig. Dort könnte Frank Brause Ihnen aufgelauert haben, um Sie zu vergewaltigen. Sie erschossen ihn aus Notwehr. Doch woher hatten Sie die Waffe?«

»Mein Mann hat einen Jagd- und Waffenschein. Also trug ich die Fangschusspistole zu meinem Schutz bei mir.«

»Richtig, und genauso kann ein guter Strafverteidiger eine Verteidigung aufbauen. Ich denke, auch Ihr Mann wird die Geschichte glauben.«

»Warum helfen Sie mir?«

»Ich tue das in Gedenken an meine geliebte Benita.«

»Was ist auch ihr geworden?«, fragte Corinna Postmann.

»Das weiß ich nicht«, antwortete Juan mit sichtbarem Bedauern.

»Versprechen Sie mir, über meine Vergangenheit zu schweigen?«

»Ja.«

Die beiden besiegelten ihren Pakt mit einem Handschlag.

»Gut, dann gestehe ich, Frank Brause erschossen zu haben.«

»Bitte begleiten Sie mich auf das Kommissariat. Und vergessen Sie nicht, bei dem bevorstehenden Verhör nur zu gestehen, dass Sie geschossen haben. Egal, wer Sie was fragt. Sie schweigen. Erst Ihrem Anwalt erzählen Sie unsere Geschichte.«

Zusammen im Morddezernat angekommen, gestand Frau Postmann, dass sie Frank Brause erschossen hatte, und weiter nichts. Juan durfte ihre Vernehmung leiten, befragte sie streng, doch die Geständige schwieg eisern. Schließlich durfte sie einen Anwalt anrufen und wurde anschließend abgeführt.

»Juan, wie hast du denn das hingebracht?«, fragte Kim bewundernd.

»Ermittlerinstinkt, gepaart mit geschickten Fragen. Frau Postmann verwickelte sich in Widersprüche«, war seine kurze Antwort.

Hauptkommissar Kretzer lobte zwar auch Juans Einsatz und den erfolgreichen Abschluss des Falls, doch sein Blick war dabei von Zweifeln getrübt. Nur ein Geständnis ohne ein Motiv für den Mord zu erkennen, machte ihn misstrauisch. Zwar schätzte er seinen Mitarbeiter Juan Montez, doch hatte sich dieser nie durch ein Bauchgefühl, sondern nur durch sachliche Ermittlungen hervorgetan. Warum also hatte er Frau Postmann plötzlich verdächtigt?

»Was geschieht nun mit den Söhnen von Frau Postmann? Ihr Vater ist noch auf Dienstreise«, unterbrach Kim die Gedanken von Kretzer.

Er antwortete: »Nach meinen Recherchen sind beide auf einem Eliteinternat in der Schweiz.«

»Diese tadellose Mutter und Ehefrau eine Mörderin. Das wird die Familie hart treffen«, bemerkte Kim mitfühlend.

Juan wiegelte ab: »Noch ist sie nicht verurteilt.«

»Richtig, Juan«, stimmte der Hauptkommissar zu. »Wer

weiß, was in dem Prozess noch zutage kommt. Aber für uns ist der Fall abgeschlossen.«

Kretzer bemerkte die Unsicherheit seines Kollegen. Irgendwas beunruhigte ihn, obwohl er doch stolz auf sich sein sollte.

»Wer schreibt den Abschlussbericht?«

»Das mache ich, denn ich habe den Fall gelöst«, bot sich Juan sofort an.

Diese ungewohnte Bereitschaft verwunderte auch Kim, aber sie war froh, es nicht selbst machen zu müssen.

»Gut«, sagte Kretzer. »Dann lasst uns gemeinsam zu Mittag essen. Ich lade euch ein.«

»Danke«, antwortete Juan, »aber ich setze mich gleich an die Schreibarbeiten.«

»Dann will ich deinen Arbeitseifer nicht stören. Auf geht's, Kim!«

Cinderella

Kim Kaiser und Juan Montez verließen gerade nach Abschluss ihres Schießtrainings das Gebäude und wollten noch gemeinsam ein Lokal aufsuchen, als Juans Handy klingelte. Es war Hauptkommissar Kretzer.

»Hallo, Juan, es tut mir leid, dass ich euren Feierabend unterbrechen muss, aber wir haben eine Leiche. Es ist ein achtjähriges Mädchen namens Cinderella Watson. Bitte kehre du zurück ins Büro und finde alles über das Kind und seine Familie heraus. Und sage Kim bitte, sie möchte mich so schnell wie möglich bei den Eltern der Toten treffen.«

Der Hauptkommissar gab die Adresse durch.

»Okay, aber kann ich bitte die Recherchen zuhause an meinem Computer machen? Wie du weißt, ist dieser mit dem Computer der Kripo vernetzt.«

»Kein Problem. Ich rufe dich an, wenn wir etwas Wichtiges herausfinden. Ansonsten sehen wir uns morgen früh im Büro.«

Juan war glücklich, denn dank seiner Zusammenarbeit mit den »Glorreichen Sieben« konnte er von zuhause aus viel umfangreicher ermitteln.

»Ein kleines Mädchen wurde getötet?!«, sagte Kim, die dank der eingeschalteten Lautsprecherfunktion mithören konnte, sichtlich betroffen.

Dann eilte sie zu ihrem Auto und startete.

Kretzer wartete schon vor einem stattlichen, vornehmen Haus auf seine Mitarbeiterin.

»Wo ist das Kind?«, fragte sie als Erstes.

»Hallo, Kim. Schon auf dem Weg in die Gerichtsmedizin.«

»Wo wurde sie gefunden?«

»Sie lag ziemlich versteckt in einem Gebüsch. Durch ihren

Hund wurden zwei Spaziergänger auf die Leiche aufmerksam. Sie kannten das Mädchen. Die Frau musste wegen des Schocks von einem Notarzt behandelt werden. Nun sind die Eheleute nach Hause zurückgekehrt. Die Spurensicherung begutachtet noch den Fundort.«

»Wie wurde sie ermordet? Oder war es vielleicht doch ein Unfall?«

»Nein, das Mädchen wurde eindeutig erschlagen.«

»Das ist furchtbar. Lass uns den Tatort ansehen«, regte Kim an.

»Da stören wir nur«, erklärte der Hauptkommissar. »Die Eltern wurden bereits von zwei Streifenpolizisten informiert, die nun sehnsüchtig auf ihre Ablösung warten. Lass uns ins Haus gehen.«

Die Haushälterin öffnete den Kriminalbeamten, die keine Gelegenheit hatten, sich auszuweisen, weil die Frau sie sogleich hereinbat. Im Wohnzimmer saß auf einer Couch die hemmungslos schluchzende Mutter in den Armen ihres Mannes. Neben dieser hockte eine weitere Frau, die tröstend deren Hand hielt und leise Worte murmelte. Neben den beiden Polizisten, die hilflos dem Trauern zuschauten und erleichtert über die Ankunft der Kollegen waren, befand sich noch ein zweiter Mann im Raum.

Kretzer stellte seine Mitarbeiterin und sich vor, was von den Eltern des toten Mädchens zuerst gar nicht zur Kenntnis genommen wurde. Mit kurzen Worten des Abschieds verließen die Streifenpolizisten den Raum. Es dauerte einige Zeit, bis die Neuankömmlinge bemerkt wurden.

»Mein herzliches Beileid«, begann Kim.

»Mein kleiner Engel«, wimmerte die Mutter. »Warum hat ihr jemand etwas angetan? Sie war ein Schatz, so brav, liebenswert und freundlich.«

Wieder wurde die Frau von heftigem Schluchzen geschüttelt.

»Es tut mir leid, Herr und Frau Watson, aber um herauszufinden, wer diese schreckliche Tat begangen hat, müssen wir zügig handeln. Darf ich Ihnen einige Fragen stellen?«, versuchte Kretzer die Aufmerksamkeit der Eltern der Toten zu gewinnen.

Während die Mutter nur weinte, nickte der Vater und löste den Arm von seiner Frau.

»Wann haben Sie Ihre Tochter zum letzten Mal gesehen?«

»Das war nachmittags, aber die genaue Uhrzeit weiß ich nicht mehr. Sie wollte doch nur eine Freundin in der Nachbarschaft besuchen. Das machte sie oft. Auch zum Spielplatz ließen wir sie allein gehen. Er ist ganz in der Nähe und Cinderella war schon acht Jahre alt.«

Die Mutter schreckte auf.

»Ich höre da oben Geräusche. Charles ist aufgewacht.«

Laut kreischte sie nach der Haushälterin, die sofort erschien.

»Kümmern Sie sich um Charles. Lesen Sie ihm etwas vor, singen Sie ihm etwas vor. Hauptsache, er kommt nicht runter.«

Die Frau tat, was ihr befohlen wurde.

»Sie haben noch ein Kind?«, fragte Kim mit sanfter Stimme.

Die Mutter hatte sich etwas beruhigt und antwortete: »Ja, einen Sohn, aber er ist erst zwei Jahre alt. Er würde die ganze Aufregung noch gar nicht verstehen.«

»Bitte, geben Sie uns den Namen und die Adresse der Freundin Ihrer Tochter. Wissen das Mädchen oder ihre Eltern schon, was geschehen ist?«, übernahm Kretzer wieder das Gespräch.

»Das kann ich nicht einschätzen.«

Der Vater stand auf und schrieb den gewünschten Namen und die Adresse auf, reichte den Zettel dem Hauptkommissar. Dieser wendete sich nun an den Besucher, der bisher regungs- und wortlos das Geschehen verfolgt hatte.

»Darf ich auch Sie um Ihren Namen bitten?«

»Natürlich«, antwortete der Angesprochene und nahm Haltung an.

»Mein Name ist Aaron Wegner. Auf dem Sofa sitzt meine Gattin Barbara. Wir wohnen direkt in dem Haus gegenüber.«

»Haben Sie oder Ihre Frau etwas Verdächtiges bemerkt? Vielleicht ein unbekanntes Fahrzeug, das in dieser Straße umherfuhr?«

»Nein, ich war ganz auf die Vorbereitung meiner Ansprache konzentriert. Meine Frau war wie jede Woche bei der Chorprobe, unser Sohn besuchte die Bibelstunde und unsere Tochter bereitete sich auf eine Klausur vor. Sie steht kurz vor dem Abitur.«

»Danke, Herr Wegner. Wir werden uns jetzt verabschieden.«

Kim Kaiser und Richard Kretzer verließen das Haus.

»Die Frau tut mir unheimlich leid«, gestand Kim.

»Ja, ein Kind zu verlieren ist immer schrecklich. Ist dir sonst noch etwas aufgefallen?«

Der Hauptkommissar vertraute auf Kims hervorragende Beobachtungsgabe und ihre Instinkte für feine Strömungen.

»Vermutlich war es ihrer ehrlichen Trauer geschuldet, dass Frau Watson so alt aussah. Damit meine ich, im Vergleich zu ihrem Mann, den ich anfangs für ihren Sohn hielt. Der sieht blendend aus, schlank, sportlich, mit einer bezaubernden männlichen Ausstrahlung und dem Gesicht eines Filmstars.«

»Bitte bleibe sachlich, Kim«, dämpfte Kretzer deren Schwärmerei. »Aber du hast Recht, vom Bild her passte das Ehepaar nicht zusammen.«

»Dem Vater schien der Tod seiner Tochter nicht so nahezugehen wie seiner Frau«, ergänzte Kim.

»Na ja, nicht jeder stellt seine Trauer offen zur Schau.«

»Lass uns noch eben schnell die Eltern von der Freundin der Toten aufsuchen. Sie wohnen nur ein paar Häuser weiter.

Doch lass uns die Wagen nehmen, damit wir anschließend Feierabend machen können.«

Auf dem Weg dorthin kamen die Ermittler an dem Spielplatz vorbei, neben dem die Leiche gefunden wurde. Die Kollegen von der Spurensicherung waren schon abgefahren. Dort hatte sich eine Menschentraube gebildet, von denen einige in der Nähe des Fundorts der Leiche Kerzen angezündet hatten.

»Die Nachricht verbreitet sich wie ein Lauffeuer«, stellte Kretzer fest.

»Wollen wir zuerst diese Leute befragen?«, fragte Kim, wenig begeistert von ihrem eigenen Vorschlag.

»Nein, das dauert zu lange. Es ist schon acht Uhr abends. Wir können morgen Polizisten zwecks einer Befragung zu den Anwohnern schicken.«

Der Hauptkommissar klingelte bei der Familie Vogel. Die Hausherrin öffnete.

»Guten Abend. Ich vermute, Sie sind von der Polizei. Treten Sie bitte ein. Unsere Tochter Greta haben wir aber schon auf ihr Zimmer geschickt. Vermutlich kann sie noch nicht einschlafen. Das ist alles entsetzlich, aber ich darf dem Kind doch kein Schlafmittel verabreichen. Hoffentlich hilft ihr der Baldriantee. Mein Mann und ich sind auch ganz aufgeregt. Treibt sich womöglich ein Kinderschänder in unserer Gegend herum? Wir werden Greta nicht mehr allein vor die Tür lassen.«

Während die Frau gesprochen hatte, waren die Ermittler im Wohnzimmer angekommen. Der Hausherr stand von einem Sessel auf und stellte sich als Kurt Vogel vor.

»Wir wissen nicht viel«, fuhr die Frau fort, ohne den Gästen einen Platz anzubieten. »Cinderella kam zu uns, hatte aber wohl vergessen, dass Greta zum Klavierunterricht musste. Ich fuhr sie hin und mein Mann ist erst vor einer Stunde von der Arbeit gekommen.«

»Wir würden ihre Tochter gern befragen, verstehen aber, dass sie erstmal zur Ruhe kommen muss. Wir melden uns wegen eines Termins bei Ihnen.«

Alle Beteiligten schienen glücklich über den schnellen Abschluss der Befragung. Die Ermittler trennten sich und fuhren heim.

Fast gleichzeitig kamen die Kriminalbeamten am nächsten Morgen in ihren Büros an. Wortlos wurde wie üblich die Kaffeemaschine angeworfen. Und schon platzte es aus Juan heraus: »Ich habe eine erfolgreiche Nachtschicht eingelegt.«

»Sehr lobenswert, Juan, aber lass mich bitte einen Schluck Kaffee trinken, dann hast du meine volle Aufmerksamkeit.«

Kim grinste und es herrschte Schweigen, bis der Hauptkommissar seinem Mitarbeiter ein Zeichen gab.

»Reiche Amerikanerinnen liegen offensichtlich voll im Trend. Dieser Gregor Zeisig war doch auch mit so einer verheiratet. Diese Weiber scheinen auf deutsche Männer zu stehen. Ich sollte mein Beuteschema überprüfen.«

»Tu das, Juan, aber jetzt wäre ich dir dankbar, wenn du uns an deinen spannenden Erkenntnissen teilhaben lassen würdest«, bat Kretzer.

»Also, die Eheleute Watson sind seit über acht Jahren verheiratet. Bei der Hochzeit war Constanze Watson schon achtunddreißig Jahre alt und schwanger. Ihr Mann, Conrad Watson, geborener Schrader, ist elf Jahre jünger als sie und nahm ihren Namen an, womit er wohl hoffte, seine Vergangenheit vertuschen zu können, denn er kam früher oft mit dem Gesetz in Konflikt. Er wurde wegen Laden- und Taschendiebstählen sowie Körperverletzung verurteilt. Nur einen Kindesmissbrauch konnte das Gericht ihm genauso wenig nachweisen wie den Sex mit Minderjährigen.«

Juan lächelte selbstgefällig, nahm einen Schluck Kaffee und

sprach weiter: »Dass selbst die sehr jungen Weiber auf ihn flogen, war kein Wunder. Er sah aus wie George Clooney.«

»Jetzt weiß ich, an wen mich Herr Watson erinnerte«, unterbrach ihn Kim. »Die Ähnlichkeit mit dem Filmstar ist immer noch da.«

»Also war es wohl das Geld, das ihn zu Constanze Watson hinzog. Deren Familie stammt aus Deutschland, lebt in Kalifornien und ist steinreich. Carl Wühler, der sich in Charles Watson umbenannte, besitzt einige äußerst gewinnbringende Patente und hat sein Geld klug vermehrt. Mit seiner Frau Angelika, genannt Angie, hat er drei Töchter, wobei Constanze das Nesthäkchen ist. Ihre beiden Schwestern heirateten standesgemäß Männer aus dem amerikanischen Geldadel. Nur Constanze war, was die Fotos in den sozialen Netzwerken beweisen, schon als Kind hässlich. Deswegen fand sie keinen Heiratswilligen in Amerika. Also suchte sie, schon über dreißig, ihr Glück in Deutschland, wo sie endlich Conrad Schrader traf. Dabei sprach, neben seiner Attraktivität, auch sein Vorname für ihn, denn dieser beginnt mit einem »C«. Also konnte er nach der Eheschließung dieselben Initialen tragen wie seine Gattin und, was besonders wichtig ist, wie sein Schwiegervater. »C.W.« ist in Amerika ein Synonym für Reichtum und Erfolg.«

»Das ist zwar alles ganz interessant, aber was helfen uns diese Informationen weiter?«, fragte Kretzer, erstaunt darüber, wie Juan zu diesen gekommen war.

Juan schaute ihn beleidigt an.

»Das mit der fruchtlosen Anklage von Conrad Watson wegen Kindesmissbrauchs könnte uns weiterhelfen. Ich besorge mir mal die Akte«, mischte Kim sich ein.

Wie auf Stichwort trat der Kriminalrat Justus Schwaiger in das Büro und redete los: »Ein Fall von Kindesmissbrauch und -tötung in dieser vornehmen Gegend. Das ist ein Skandal. Haben Sie schon ermittelt, welche verurteilten Pädophilen in der Umgebung hausen? Wir müssen schnell handeln, bevor ein weiteres Verbrechen geschieht. Wenn solche Täter erstmal Blut geleckt haben, schlagen sie meistens bald wieder zu.«

»Guten Morgen, Herr Schwaiger«, begrüßte Kretzer seinen Vorgesetzten. »Sie haben also schon von dem Fall der Ermordung der achtjährigen Cinderella Watson gehört.«

»Natürlich«, bestätigte der Kriminalrat empört.

»Leider war ich noch nicht in der Gerichtsmedizin, kann also nicht sagen, ob das Mädchen vor seinem Tod missbraucht wurde.«

»Das ist doch gar keine Frage. Warum sollte jemand sonst ein kleines Mädchen töten? Also machen Sie sich an die Arbeit und berichten Sie mir, sobald Ihnen die Liste mit verdächtigen Pädophilen vorliegt.«

So schnell, wie der Mann gekommen war, rauschte er wieder davon.

»Ich werde in die Gerichtsmedizin gehen und bin gespannt, was Walter bereits herausgefunden hat. Kim, du besorgst dir die Akte über den alten Fall bezüglich des Verdachts des Kindesmissbrauchs durch Conrad Watson, und Juan, du stellst bitte die von dem Kriminalrat gewünschte Liste zusammen.«

Als der Hauptkommissar bei dem Gerichtsmediziner Walter Stolle ankam, mit dem sich über die Jahre fast etwas wie eine Freundschaft entwickelt hatte, war die Leiche von Cinderella Watson schon im Kühlfach verschwunden. Ihm wurde kommentarlos ein Kaffee gereicht.

»Na, Walter, was kannst du zu dem Tod des Mädchens sagen?«

»Ihr wurde mit großer Kraft ein Stein auf den Kopf geschlagen, der ihre Schädeldecke zertrümmerte. Das Tatwerkzeug hat die Spurensicherung gefunden.«

»Und weiter?«, fragte Kretzer.

»Weiter nichts. Das Mädchen war gesund und ansonsten unverletzt.«

»Irgendwelche Anzeichen von sexuellem Missbrauch?«

»Keine. Sie war so jungfräulich wie bei ihrer Geburt. Keine Anzeichen von körperlicher Gewalt.«

»Das ist zwar erfreulich«, stellte der Hauptkommissar nüchtern fest, »hilft uns aber nicht weiter.«

»Das dachte ich mir schon.«

Der Gerichtsmediziner zuckte die Achseln.

»Der Kriminalrat rief mich gerade an und war geradezu enttäuscht, dass das arme Kind nicht missbraucht worden war.«

»Aber ich kenne dich gut genug, um zu wissen, dass du dir zu jeder Leiche deine eigenen Gedanken machst.«

Walter lächelte. »Gut. Zuerst mal zeugt die Wucht des Schlags auf den Kopf von großer Wut. Vielleicht hilft euch das weiter.«

»Das ist ein wichtiger Hinweis. Ist dir sonst noch etwas aufgefallen?«

»Hast du dir mal die Klamotten des Mädchens angesehen? Die haben bestimmt ein Vermögen gekostet. Als sie gebracht wurde, trug sie noch diese edle Kleidung und sah aus wie eine Prinzessin. Jetzt sind diese bei der Spurensicherung, werden noch genauer untersucht.«

»Die Kleine war die Tochter einer sehr vermögenden Amerikanerin«, erklärte Kretzer.

»Aber mal ehrlich«, wendete Walter Stolle ein, »so ausstaffiert schickt doch niemand sein Kind auf die Straße. Ich vermute, die Spurensicherung findet nicht den kleinsten Fleck auf dem teuren Tuch.«

Der Hauptkommissar besuchte diese Abteilung, wo der Verdacht des Gerichtsmediziners bestätigt wurde. Außer dem Stein, der Tatwaffe, waren keine verwertbaren Spuren gefunden worden. Daran waren neben dem Blut und einigen Haaren der Toten keine Fingerabdrücke oder DNA-Spuren zu ermitteln. Der kleine Trampelpfad vom Spielplatz zum Fundort der Leiche war übersät von unterschiedlichen Fußabdrücken. Etliche Zigarettenkippen deuteten darauf hin, dass sich dort öfter Leute zurückzogen, um unbeobachtet zu rauchen. Die Speichelreste auf den Kippen waren größtenteils unbrauchbar. Der gefundene Papier- und Plastikmüll lag schon länger dort. Also keine Spuren, die Rückschlüsse auf den Täter zuließen.

Trotz der Kürze seiner Abwesenheit hatten Kim und Juan schon einiges herausgefunden. Die Akte im Zusammenhang mit dem Verdacht der Kindesmisshandlung durch Conrad Watson war bereits digitalisiert, weswegen Kim sie schon auf ihrem Computer hatte.

»Also, für mich klingt diese Anklage wie der Versuch einer Rache an Conrad Watson durch eine abgelegte Liebhaberin«, begann die Kommissarin. »Angeblich soll er ihre sechsjährige Tochter missbraucht haben, wofür es außer der Aussage der Mutter keine Beweise gab. Sie stellte sich auch vehement gegen eine Befragung des Kindes. Warum überhaupt, allein aufgrund der Anschuldigung der Mutter, Anklage erhoben wurde, bleibt mir ein Rätsel. Jedenfalls wurde das Verfahren mangels Beweisen eingestellt. Damit bleibt aber immer ein Makel haften, denn es war ja kein Freispruch. Attraktive Männer haben es nicht leicht.«

»Verschmähte Liebe kann Frauen zu Furien werden lassen«, bestätigte Juan.

»Ach, ist dir das auch schon passiert?«, scherzte Kim.

»Der kluge Mann hält sich von solchen Weibern fern.«

»Können wir bitte jetzt wieder zu unserem Fall zurückkehren?«, unterbrach Kretzer die Neckereien seiner Mitarbeiter.

»Okay, ich habe die Liste für den Kriminalrat schon fertig. Die ist gar nicht umfangreich. In zehn Kilometern Umgebung des Leichenfundorts lebt nur ein einziger wegen Pädophilie vorbestrafter Mann, und der macht gerade Urlaub in Thailand. Dort kann er vermutlich seine Neigungen ungestörter ausleben.«

»Diese Spur ist sowieso kalt, denn Constanze Watson wurde weder sexuell noch sonst wie misshandelt. Ich fürchte aber, unser Kriminalrat wird nicht lockerlassen. Was hat die Befragung der Anwohner durch unsere Kollegen ergeben?«, fragte der Hauptkommissar missmutig.

»Gar nichts«, antwortete Juan. »Niemand hat etwas gesehen oder gehört. Es wurde nicht mal ein Verdacht geäußert.«

»Irgendwelche anderen Spuren, die es wert sind, verfolgt zu werden?«, fragte Kim.

»Leider nicht. Zuerst sollten wir die Watsons noch mal befragen. Kim, kündige bitte unseren Besuch an.«

»Diesmal möchte ich mitkommen«, bat Juan. »Vielleicht erfahre ich etwas von der Haushälterin. Die kommt nämlich aus meiner Heimat Mexiko.«

»Eine gute Idee«, stimmte Kretzer zu, erstaunt darüber, woher sein Mitarbeiter diese Information nun wieder hatte.

Als die Ermittler auf dem Gelände der Villa geparkt hatten, regte der Hauptkommissar an: »Ich halte es für das Beste, wenn wir uns aufteilen und die Leute getrennt voneinander befragen. Kim, in ihrer mitfühlenden Art, sollte sich der Mutter, Constanze Watson, annehmen. Juan versucht der aus Mexiko stammenden Haushälterin einige Geheimnisse zu entlocken, und ich befrage den Hausherrn Conrad Watson.«

Da entdeckten sie, dass Letzterer in Sportkleidung und reichlich verschwitzt gerade vor dem Haus gegenüber stand und sich mit einer jungen Frau unterhielt.

»Okay«, sagte Kretzer. »Da drüben steht mein Kandidat. Los, an die Arbeit!«

Alle stiegen aus und der Hauptkommissar ging zu dem Mann hin, während seine Kollegen an der Haustür klingelten.«

»Guten Tag, Herr Watson. Es tut mir leid, dass ich Sie unterbrechen muss, aber wir haben noch einige Fragen.«

Die junge Frau blickte erschrocken und verabschiedete sich sofort.

»Wie Sie sehen, komme ich gerade vom Laufen. Diese Bewegung macht den Kopf frei. Außerdem trainiere ich für den Hamburg-Marathon. Erlauben Sie mir bitte, zuerst zu duschen.«

Kretzer willigte ein und begab sich zusammen mit dem Mann ins Obergeschoss. Conrad Watson verschwand im Bad. Der Gast schaute sich um. Auf der Etage befanden sich zwei Kinderzimmer, ein Gästezimmer mit eigenem Duschbad, das Schlafzimmer und ein Ankleidezimmer. Alle Räume waren verwaist, deren Einrichtung durchweg edel und strahlend sauber. Nur das deutlich als solches erkennbare Mädchenzimmer ließ zwischen Stofftieren, rosa Dekorationsgegenständen und Illustrierten auf dem Schreibtisch etwas Unordnung erkennen. Der sechstürige Kleiderschrank war angefüllt mit modischer, teurer Kleidung. Zwei große Spiegel an der Wand zeugten davon, dass sich die Tote gern selbst betrachtete.

Frisch geduscht und neu angekleidet betrat der Hausherr das Zimmer.

»Unsere Kleine war eine Prinzessin. Ihr Liebreiz war unübertrefflich«, sprach der Mann leise und mit echter Trauer über den Verlust.

Kretzer schwieg rücksichtsvoll und ging zum Fenster, von wo aus er sehen konnte, dass Juan gerade die Haushälterin erreichte, die mit dem kleinen Jungen Charles spielte.

»Hat Ihre Tochter in der Vergangenheit irgendwie auffälliges Verhalten gezeigt?«, begann er seine Befragung.

»Nein, sie war wie immer so freundlich und anschmiegsam. Am liebsten wäre sie immer in meiner Nähe gewesen. Ein echtes Papakind.« Herr Watson lächelte in träumerischer Erinnerung.

»Wie war sie in der Schule?«

»Da gab es keine Probleme. Ihre Leistungen waren gut, doch natürlich hat jedes Kind so seine Schwächen. Das Rechnen fiel ihr nicht so leicht. Eben ein typisches Mädchen.«

»Und wie verbrachte sie ihre Freizeit?«, wollte Kretzer nun wissen.

»Seit sie kürzlich ein Smartphone bekam, verbrachte sie viel Zeit in den sozialen Netzwerken. Ich war zuerst gegen diese Anschaffung, aber ihr Großvater bestand darauf, damit er an ihrem Leben teilhaben konnte. Sie hielten ständig Kontakt über WhatsApp.«

»Hatte sie Freundinnen oder Freunde?«

»Natürlich. Cinderella war sehr beliebt. Soll ich Ihnen eine Liste machen?«

»Ja, das wäre nett.«

Der Hauptkommissar musste den Mann weiterbeschäftigen, damit Kim und Juan bei ihren Befragungen nicht gestört wurden.

»Herr Watson, was machen Sie beruflich?«

Dass dem Hausherrn diese Frage unangenehm war, zeigte seine abweisende Miene.

»Was tut denn das zur Sache?«

»Solche Routinefragen müssen wir immer stellen«, log der Hauptkommissar.

»Meine Frau ist sehr reich und möchte möglichst jede Sekunde mit ihrer Familie zusammen sein. Deswegen arbeite ich nicht. Wir ziehen es vor, unsere Zeit gemeinsam und mit den Kindern zu verbringen.«

Kretzer gingen die Fragen aus, auch wenn er gern gewusst hätte, wie die Partnerschaft zwischen den Eheleuten einst zustande kam. Doch damit würde er ansprechen, welche Vermutungen die Verbindung eines sehr attraktiven jungen Mannes mit einer weniger ansehnlichen, vermögenden älteren Frau zuließ. Darauf könnte Conrad Watson verständlicherweise beleidigt reagieren, was die Zusammenarbeit erheblich behindern würde.

»Haben Sie irgendeinen Verdacht, wer Ihrer Tochter das angetan hat?«

»Nein, nicht den geringsten. Als reiche Eltern hat man natürlich Angst vor Entführungen, aber wir wollten Cinderella nicht ängstigen oder einsperren. Außerdem wohnen wir in einer anständigen Gegend. Hier treibt sich kein Gesindel herum. Die Nachbarn achten auch aufeinander. Niemand konnte damit rechnen, dass so etwas Schreckliches passiert.«

Conrad Watson traten angesichts der Erinnerung an den Tod seiner Tochter die Tränen in die Augen. Kretzer war geneigt, dem Vater seine wahrhaftige Trauer zu glauben, doch hatte er schon Fälle von perfekter Schauspielkunst erlebt.

»Bitte, ich möchte jetzt hinunter zu meiner Frau.«

Der Hauptkommissar stimmte zu.

Derweil trank Kim einen Kaffee mit Frau Watson, die sich im Vergleich zum Vorabend etwas gefangen hatte.

»Es tut mir leid, dass wir Sie schon wieder belästigen, aber um den Mörder Ihrer Tochter zu fassen, müssen wir schnell handeln.«

Kim bereute sofort, dass sie das Wort »Mörder« gebraucht hatte, denn die Frau schaute entsetzt. Um diese abzulenken, fuhr sie gleich fort: »Erzählen Sie mir bitte etwas über Cinderella.«

Nach kurzem Zögern sagte Constanze Watson: »Sie war ein Geschenk des Himmels. Ich war bei ihrer Geburt schon achtunddreißig Jahre alt, meine biologische Uhr lief ab. Conrad und ich kannten uns noch gar nicht lange, und schon war ich schwanger. Mit so viel Glück hatte ich nicht gerechnet. Es wäre mir vollkommen egal gewesen, wenn Conrad das Kind nicht hätte haben wollen und mich verlassen hätte. Ich kann ein Kind auch allein großziehen. Doch Conrad ist ein Ehrenmann und machte mir gleich einen Heiratsantrag. All die Wünsche, die ich jahrelang in mir trug, erfüllten sich plötzlich. Sie können sich gar nicht vorstellen, wie glücklich ich war.«

Allein diese Erinnerung zauberte ein Lächeln auf das Gesicht von Frau Watson.

»Als dann das gesunde, bildschöne Baby zur Welt kam, fühlte ich mich wie im Himmel. Nun hatte ich einen tollen Ehemann und ein eigenes Kind.«

Bevor der Frau wieder der Tod von Cinderella in den Sinn kam, wechselte Kim das Thema.

»Sie stammen aus den USA, doch Sie sprechen hervorragend und akzentfrei Deutsch.«

»Das habe ich der Tatsache zu verdanken, dass meine Eltern aus Deutschland stammen und anfangs mit mir nur Deutsch sprachen. Welch ein Segen, dass ich mein Glück in ihrer Heimat suchte und fand.«

»Was können Sie uns über die Freundinnen und Freunde Ihrer Tochter sagen?«

»Sie ist sehr beliebt. Wir bekamen oft Besuch von Schulkameraden oder Nachbarskindern. Seit Neuestem trifft sie sich auch mit anderen in den sozialen Netzwerken. Es ist erstaunlich, wie souverän mein Mädchen mit so einem Handy umgeht. Ständig schoss sie Fotos von sich und schickte diese an ihren Opa.«

Nachdenklich schaute Frau Watson aus dem Fenster in den Garten, wo ihr kleiner Sohn stillvergnügt in einer Sandkiste spielte und Juan mit der Haushälterin redete. Kim folgte ihrem Blick.

»Ja, nun braucht er Ihre ganze Aufmerksamkeit, denn er hat seine Schwester verloren.«

Trauer überzog die Miene der Frau. Versonnen sprach sie: »Ja, Charles ist auch so ein Geschenk des Himmels. Niemand hatte damit gerechnet, dass ich noch mal schwanger werde. Und dann wurde es auch noch ein Junge. Mein Vater wünschte sich schon lange einen Enkel, doch meine beiden Schwestern bekamen nur Töchter. Mit Charles wurden nun auch seine Träume wahr. Vielleicht kehren wir nach Amerika zurück. Mein Vater wünscht sich so sehr, seinen Enkel aufwachsen zu sehen.«

Eigentlich wollte Kim die Hausherrin noch weiter zu der toten Tochter befragen, aber sie scheute sich, die Frau aus ihren positiven Gedanken zu reißen. Deswegen war sie erleichtert, dass der Hauptkommissar in Begleitung des Ehemanns erschien. Es standen nur zwei Tassen auf dem Wohnzimmertisch, sodass sie den Männern keinen Kaffee anbieten konnte. Frau Watson stand auf und rief ihre Haushälterin herbei. Diese ließ sich etwas Zeit, um das Gespräch mit Juan Montez zu beenden, was zu einem erneuten, diesmal sehr energischen Rufen führte.

»Serena, bring uns sofort noch zwei Tassen und frischen Kaffee!«, herrschte Frau Watson ihre Angestellte an.

»Das ist nicht nötig«, wendete der Hauptkommissar ein. »Wo waren und was machten Sie beide gestern am späten Nachmittag?«

Da er wusste, dass diese Frage an die Betroffenen oft zu heftigen Reaktionen führte, ergänzte er: »Es tut mir leid. Wir sind leider verpflichtet, diese Frage zu stellen.«

»Das ist eine Unverschämtheit!«, empörte sich Conrad Watson, ging zu seiner Frau und drückte sie tröstend an sich.

»Trotzdem muss ich Sie bitten zu antworten.«

Ungehalten antwortete der Hausherr: »Wir waren hier im Haus, spielten mit Charles, während Serena das Abendessen vorbereitete. Ach ja, ich unterbrach das Spiel, um mir im Büro eine Sportsendung anzusehen. Eine Aufzeichnung vom American Football, wenn Sie es genau wissen wollen.«

»Danke für Ihre Bereitschaft zur Auskunft. Wir brechen jetzt auf«, verabschiedete Kretzer sich und sein Team. »Planen Sie eine längere Reise?«

Frau Watson fing wieder an zu weinen und antwortete schluchzend: »Nein, wir müssen doch unser Kind beerdigen.«

Dann wandte sie sich an ihren Mann und sagte: »Oder sollten wir Cinderella in den USA beisetzen, auf dem Grundstück meines Elternhauses?«

»Lass uns später darüber reden, Liebes«, beruhigte Herr Watson seine Frau.

Gerade als die Ermittler das Haus verließen, erschien das Ehepaar von gegenüber, das sich auch schon am vorigen Tag um die Trauernden gekümmert hatte. Freundlich grüßend schritten sie vorüber.

Die Ermittler fuhren ins Büro. Dabei waren alle in ihre Gedanken versunken und schwiegen.

»Mein Gespräch mit Conrad Watson ergab nichts Erhellendes. Auch in dem Zimmer der Toten fand ich keine Hinweise, die uns weiterbringen könnten. Sie war wohl noch zu jung, um Tagebuch zu führen«, begann Kretzer.

»Die Befragung von Constanze Watson ergab auch nichts Neues. Sie war so froh, überhaupt noch mit achtunddreißig Jahren ein gesundes Kind zu bekommen. Auch die Geburt von ihrem Sohn Charles erschien ihr wie ein Wunder. Meines Erachtens hätte sie ihren Kindern nie etwas angetan.«

»Was hat denn die Haushälterin so zum Besten gegeben?«, fragte der Hauptkommissar Juan.

»Erstmal haben wir Erinnerungen an unsere Heimat Mexiko ausgetauscht. Sie fühlte sich mir als Landmann gleich verbunden und erzählte mir die ganze Geschichte. Wollt ihr diese hören?«

»Natürlich«, antwortete Kim neugierig.

»Schon Serenas Eltern lebten in Amerika und arbeiteten für die Familie Watson. Der Vater im Garten und die Mutter im Haushalt. Beide lebten illegal in den USA. Ihre drei Kinder lebten bei den Großeltern in Mexiko. Dem Einsatz von Charles Watson war es zu verdanken, dass seine Hausangestellten bald legal in den USA arbeiten konnten. So kam Serena dort als Amerikanerin zur Welt. Sie ist etwa so alt wie Constanze Watson.«

Kim hatte Kaffee gemacht und Juan trank einen Schluck.

»Die Jugend von Constanze Watson muss schrecklich gewesen sein. Ständig neckten ihre Schwestern sie wegen ihrer großen Nase, dem vorstehenden Kinn und den schütteren Haaren. Als Jugendliche unterzog sie sich etlichen Schönheitsoperationen, die aber wenig Erfolg brachten. Während ihre durchaus ansehnlichen Schwestern sich vor Verehrern nicht retten konnten, blieb Constanze das verschmähte hässliche Entlein. Ständig ausgelacht, flüchtete sie nach Deutschland. Als sie dann doch unerwartet heiratete und ein Kind bekam, brachte der Vater ihr Serena sozusagen als Geschenk mit. Sie war damals verwitwet und kinderlos, aber dank ihrer kinderreichen Familie traute man ihr zu, Constanze hilfreich zur Hand gehen zu können.«

»Hat die Frau auch etwas über das Kind Cinderella gesagt?«, wollte Kretzer wissen.

»Ja, und das ist erstaunlich. Die Kleine wurde von Anfang an wie eine Prinzessin erzogen, war der Mittelpunkt des Lebens ihrer Eltern. Doch dann wurde Charles Junior geboren und sie musste die Aufmerksamkeit teilen. Das behagte ihr gar nicht, besonders als ihr Bruder noch ein Baby war und sich alles um ihn drehte. Sie veränderte sich, wurde launisch und zickig, drängte sich andauernd in den Vordergrund, scheute auch nicht vor scheinheiligen Tränen und Lügen zurück, um ihren Willen durchzusetzen. Dabei forderte sie gerade von ihrem Vater, sein uneingeschränkter Liebling zu sein. Serena ist noch heute erstaunt darüber, welch ein Geschick Cinderella im Spinnen von Intrigen entwickelte. Auch sie wurde Opfer von falschen Anschuldigungen.«

»Das wirft ein ganz anderes Licht auf das Mädchen, als wir es bisher hatten«, kommentierte Kim.

»Du hast Recht, aber wen könnte sie so wütend gemacht haben, dass der- oder diejenige sie erschlägt? Unser Gerichtsmediziner hat übrigens gesagt, dass der tödliche Schlag mit großer Wucht ausgeführt worden ist. Das spricht für eine emotionale Tat«, sagte der Hauptkommissar.

»Traust du sowas dem Vater zu?«, fragte Juan.

»Ich weiß es nicht. Fakt bleibt allerdings, dass solche Tötungsdelikte sich oft im familiären Kreis zutragen.«

»Wenn wir die Mutter ausschließen können, bleiben doch nur der Vater oder Serena übrig«, schlussfolgerte Kim.

Juan antwortete: »Die Haushälterin mag sich über Cinderella geärgert haben, doch sie hätte ja einfach kündigen können. Sie plant sowieso schon ihre Rückkehr nach Mexiko.«

»Also muss der Vater der Mörder sein«, stellte Kim fest.

»Nun mal nicht so voreilig, junge Dame«, bremste Kretzer mit einem Lächeln seine Mitarbeiterin. »Ich schlage vor, wir gehen alle drei nach Hause und denken noch mal in Ruhe nach. Vielleicht haben wir etwas übersehen oder müssen in eine ganz neue Richtung ermitteln.«

Dankbar wurde der Vorschlag angenommen und eilig in die Tat umgesetzt. Auf dem Flur stieß die Truppe beinahe mit dem Kriminalrat Justus Schwaiger zusammen.

»Es tut mir leid, Herr Schwaiger, aber wir sind gerade auf dem Weg zu einem dringenden Termin«, log Kretzer. »Morgen haben wir wieder Zeit für Sie.«

Der Kriminalrat wollte noch fragen, was die Ermittlungen bisher ergeben hatten, aber die drei huschten davon. Es blieb ihm nur, hinterherzurufen: »Morgen bin ich nicht im Hause …!«, dann war das Team verschwunden.

Nach einer kleinen Mahlzeit saß der Hauptkommissar auf seinem Sofa, trank ein Glas Bier und widmete sich einer Beobachtung, die ihn schon länger beschäftigte. Zwar hatte er sich vorgenommen, Spekulationen, die auf kurzen persönlichen Eindrücken beruhten, nicht zu viel Gewicht beizumessen, aber diese rumorten in seinem Kopf.

Als sie vor der Villa der Familie Watson angekommen waren, sprach der Hausherr gerade mit der Tochter der Nachbarn im gegenüberliegenden Haus. Kretzer meinte, zwischen den beiden eine unerklärliche Vertrautheit bemerkt zu haben. Diese junge Frau hatte Conrad Watson auf eigentümliche Weise angeschaut. Sie hatten sehr dicht beieinandergestanden. Offensichtlich war es dem Mann nicht peinlich, so verschwitzt und leicht nach Schweiß riechend aufzutreten.

Als sich der Hauptkommissar näherte, unterbrachen die beiden sofort ihr Gespräch. In der Miene der jungen Frau glaubte er Unsicherheit, wenn nicht sogar Furcht erkannt zu haben. Ohne ein Wort hastete sie davon, so als sei sie auf der Flucht vor etwas. Konnte es sein, dass dieser sehr attraktive Conrad Watson eine Liebesbeziehung zur Tochter seiner Nachbarn begonnen hatte, die unbedingt geheim bleiben sollte?

In die Richtung dieser Nachbarsfamilie hatten sie noch gar nicht ermittelt, obwohl deren Beziehung zu den Watson offensichtlich eng war. Schon bei dem ersten Kontakt der Ermittler zu Eltern des Opfers war das Ehepaar zugegen. Was wussten Kretzer und seine Mitarbeiter über die Wegners? Gar nichts. Etwas über die Familie herauszufinden, wäre eine hervorragende Aufgabe für den Computerfreak Juan. Also rief der Hauptkommissar ihn an und unterbreitete ihm sein Anliegen.

»Hallo, Richard, wir beide scheinen echt seelenverwandt zu sein. Womit beschäftige ich mich wohl gerade?«, begrüßte ihn sein Mitarbeiter.

»Und, hast du schon etwas Interessantes über die Wegners herausgefunden?«

»Das kann man wohl sagen, aber noch stehe ich am Anfang meiner Recherchen. Lass mich mal in Ruhe weiterforschen. Morgen werde ich dir und Kim dann meine Erkenntnisse offenbaren. Genieße du einen ruhigen Abend.«

Das Telefonat war beendet und Kretzer mal wieder unheimlich stolz auf seine Kollegen, die vierundzwanzig Stunden im Dienst waren, wenn es darum ging, ein Tötungsdelikt aufzuklären. Fast fühlten sie sich wie eine Familie, die das gleiche Ziel verfolgte.

Am folgenden Morgen war Juan Montez als Erster im Büro. Zwar war ihm sein Schlafmangel deutlich anzusehen, aber er strotzte vor Tatendrang. Doch er hatte gelernt, sich zu gedulden, bis Kim Kaiser und sein Chef mit einer dampfenden Tasse Kaffee an ihrem Schreibtisch saßen.

»Schieß los, Juan. Was hast du über die Familie Wegner herausgefunden?«, forderte Kretzer ihn gespannt auf.

»Auf den ersten Blick sind Aaron Wegner und seine Frau Barbara Wegner ein ganz normales Ehepaar. Sie haben zwei Kinder, Sarah und Jacob. Aber findet ihr nicht schon diese Vornamen seltsam? Sie hören sich alle irgendwie religiös an.«

»Ja«, stimmte Kim zu. »Und auch altbacken.«

»Das hat seinen Grund. Die ganze Familie gehört einer Sekte an, die sich ,Jünger Moses' nennt.«

»Von der habe ich noch nie gehört«, gab Kim zu.

»Ich auch nicht, aber diese Gruppe hat weltweit über eine

Million Mitglieder. Sie drängt sich nicht in den Vordergrund, sondern die Leute bleiben unter sich, mischen sich weder in die Politik der Staaten noch in gesellschaftliche Belange ein. Eine absolut autarke Gruppe mit ansehnlichem Vermögen. Aaron Wegner ist der Hohepriester der Nordgemeinschaft in Deutschland.«

Kim und Kretzer sahen sich grübelnd an.

»Sowohl die Eltern von Aaron Wegner als auch von Barbara Wegner gehörten schon zu der Sekte. Aber nun möchte ich euch erstmal etwas über die Regeln dieser Sekte erzählen. Die Mitglieder müssen streng nach Moses Zehn Geboten leben, die wir ja auch kennen. Aber diese sind noch durch besondere Regeln unterfüttert. Das ist echt krass.«

Juan trank einen Schluck Kaffee und ergötzte sich an der steigenden Spannung in den Gesichtern seiner Kollegen.

»Ich mach es mal kurz. Wenn Kinder oder Jugendliche den Namen Gottes missbrauchen, was schon mit der Grußformel ‚Grüß Gott‘ der Fall ist, müssen diese eine Prügelstrafe durch die Eltern erdulden. Das Gleiche geschieht mit ihnen, wenn sie ungehorsam sind oder ihre Eltern belügen. Das endet für die Kinder mit sechzehn Jahren mit der sogenannten ‚Freisprechung‘. Dann gelten sie als erwachsen.«

»Widerspricht die Prügelstrafe nicht deutschen Gesetzen?«, fragte Kim sichtlich erschüttert.

»Na ja, wo kein Kläger, da kein Richter. Frauen müssen als Jungfrauen in die Ehe gehen, dürfen nur zu männlichen Mitgliedern der Gemeinschaft eine Beziehung eingehen und nur diese heiraten. Abtreibungen sind Mord. Schon der einmalige Verstoß gegen eine der vielen strengen Regeln führt zum Ausschluss aus der Sekte.«

»Das ist doch keine Strafe, sondern ein Geschenk«, stellte Kim lächelnd fest.

»So magst du das sehen«, mischte sich Kretzer ein. »Aber

wenn du von klein auf in einer geschlossenen Gemeinschaft mit festen Regeln lebst, nach diesen erzogen wurdest und dich behütet und beschützt fühlen darfst, zieht dir so ein Ausschluss den Boden unter den Füßen weg. Du bist ganz allein.«

»Es kommt noch schlimmer«, fuhr Juan fort. »Du musst deinen gesamten Besitz zurücklassen und niemand aus der Gemeinschaft darf jemals wieder Kontakt zu der Sünderin oder dem Sünder aufnehmen.«

»Du wirst von deinen Eltern, allen Verwandten und Freunden für immer getrennt. Das ist grausam. Wie können die Angehörigen das zulassen?«, fragte Kim aufgewühlt.

»Vermutlich haben diese Angst, dass ihnen das gleiche Schicksal droht«, erklärte Kretzer.

»Das denke ich auch«, stimmte Juan zu. »Die Sekte ist sehr reich. Es ist die Pflicht jedes Mitglieds, diesen Reichtum zu mehren. Dabei wird darauf geachtet, dass die finanziellen Mittel gleichmäßig verteilt werden. Was der eine zu viel hat, wird zur Unterstützung anderer benutzt. Getreu nach dem Motto des neunten und zehnten Gebots sollen so Begehrlichkeiten vermieden werden. Den Gedanken finde ich eigentlich ganz gut.«

»Danke für diesen Vortrag über die Regeln der Sekte, aber was hilft uns das bei unseren Ermittlungen weiter?«, wollte der Hauptkommissar wissen.

»Noch nichts«, gestand Juan. »Aber ich habe mal im Internet nach Texten von Conrad Watson und Sarah Wegner geforscht. Die junge Frau bewegte sich vornehmlich in dem nur für die Mitglieder der Sekte zugänglichen sozialen Netzwerk. Neben Gratulationen zu Geburten oder Geburtstagen, Verabredungen zu religiösen Treffen und dem Austausch von platten Freundlichkeiten fand ich dort nichts Erwähnenswertes. Aber die Sekte muss über hervorragende Computerexperten verfügen. Schon fünf Minuten nachdem ich deren Sicherheitssystem überwunden hatte, wurde ich entdeckt und die Verbindung gekappt. Bei Conrad Watson wurde ich auch zuerst nicht fündig. Doch dann entdeckte ich einige SMS, die er an Sarah Wegner geschrieben hatte. Offensichtlich hatten sich die beiden heimlich getroffen.«

Gespannt auf eine Reaktion schaute Juan seine beiden Kollegen an. Der Hauptkommissar erwiderte seinen Blick mit einer Mischung aus Ungläubigkeit und Misstrauen. Wie war Juan zu dieser Information gekommen, obwohl die Ermittler den Telefonanbieter noch gar nicht um Verbindungsdaten von Conrad Watson ersucht hatten?

»Ich dachte mir gleich, dass dieser sehr attraktive Mann seiner Frau nicht treu sein kann«, vermutete Kim aufgeregt. »Also hatte er ein Verhältnis mit der Nachbarstochter.«

»Das vermute ich auch«, stimmte Juan zu.

»Gut, nehmen wir das mal an«, sagte Kretzer. »Doch wir ermitteln gerade im Fall eines getöteten Kindes und nicht einer ehelichen Untreue.«

Seine beiden Kollegen schauten ernüchtert.

»Dann war also meine ganze Arbeit vergeblich«, maulte Juan.

»Nicht ganz. Ich denke, wir sollten Sarah Wegner vernehmen, aber allein, ohne ihre Eltern. Das ist uns erlaubt, weil die junge Frau schon volljährig ist. Daher schlage ich vor, sie von der Schule ins Kommissariat zu holen. Wir geben vor, sie als Zeugin vernehmen zu wollen. Mehr ist sie zurzeit ja auch nicht. Hoffen wir, dass die Schulleitung nicht ihre Eltern informiert. Kim, bitte mach dich auf den Weg. Eine junge freundliche Kommissarin vermittelt eher den Eindruck von Harmlosigkeit.«

»Danke, dass du mich so einschätzt«, merkte Kim schmunzelnd an und brach gleich auf.

Sie suchte die Schulsekretärin des Gymnasiums auf.

»Ist es Ihnen möglich, die Schülerin Sarah Wegner aus dem Unterricht zu holen?«, fragte sie betont respektvoll.

»Warum das denn?«, war die abwehrende Antwort der Schulsekretärin.

»Entschuldigen Sie bitte, ich habe vergessen, mich vorzustellen.« Kim zückte ihren Ausweis. »Kriminalkommissarin Kaiser. Wir ermitteln in dem Mordfall an der achtjährigen Cinderella Watson. Dabei ist es besonders wichtig, zügig alle Nachbarn zu befragen, ob ihnen zur Tatzeit etwas aufgefallen ist. Die Familie Wegner wohnt direkt gegenüber der Familie der Toten.«

»Aber natürlich werde ich Sarah Wegner sofort holen«, sagte die Frau, ganz offensichtlich begeistert, bei einer Mordermittlung helfen zu können. »Warten Sie bitte hier.«

Schon wenig später kehrte sie mit der Gymnasiastin zurück, die ängstlich und unsicher Kim Kaiser begrüßte. Nach einem herzlichen Dank an die Schulsekretärin machten sich beide auf den Weg ins Kommissariat.

Im Verhörraum wurden sie bereits von Hauptkommissar Kretzer erwartet. Juan sollte, wenn nötig, erst später an dem Gespräch teilnehmen.

Sarah Wegner war deutlich anzusehen, wie unwohl sie sich fühlte. Deswegen begann Kim mit der Vernehmung, um die Spannung, die den Raum erfüllte, etwas zu mildern.

»Es tut uns leid, dass wir Sie aus dem Unterricht holen mussten, aber bei Tötungsdelikten führt nur schnelles Handeln zum Erfolg. Ich hoffe, Sie versäumen nicht zu viel.«

Die junge Frau schüttelte den Kopf.

»Sie wissen, worum es geht. Die Tochter Ihrer Nachbarn von gegenüber wurde ermordet. Kannten Sie das Mädchen?«

Mit zitternder Stimme hauchte Sarah Wegner: »Ja.«

»Es ist schrecklich und unverständlich, dass so ein junges Wesen sterben musste. Sie hatte noch ihr ganzes Leben vor sich«, versuchte Kim Mitgefühl zu wecken.

Die Angesprochene begann zu weinen.

»Vermutlich kannten Sie die Tote schon lange. Wie ist Ihr Verhältnis zu der Familie Watson?«

Sarah Wegner schwieg.

»Ihre Eltern kümmern sich rührend um die Trauernden«, fuhr Kim fort, wobei sie genau die Miene der jungen Frau studierte.

Wieder erklang nur ein leises »Ja«.

Nun meinte Kim, durch vorsichtige Provokation der Vernehmung mehr Schwung verleihen zu müssen.

»Conrad Watson ist ein außergewöhnlich attraktiver Mann, finden Sie nicht auch?«

Wieder war nur ein leises »Ja« zu hören.

»Wir sind beide Frauen, und beim Anblick dieses Mannes können uns schon verführerische Gedanken kommen«, scherzte Kim lächelnd.

Erneut begann Sarah Wegner zu weinen.

Kretzer mischte sich ungeduldig ein. »Also haben Sie sich von Conrad Watson angezogen gefühlt oder nicht?«

Die mühsam aufrechterhaltene Beherrschung der Befragten brach zusammen. Stockend begann sie zu reden, um dann gerade in einen Rausch zu verfallen.

»Solange ich denken kann, bin ich in Conrad Wegner verliebt. Er ist so männlich, stark, mit Augen, die die Menschen streicheln, und Lippen, die danach rufen, geküsst zu werden. Von meinem Fenster aus beobachtete ich ihn, wenn er zum Joggen aufbrach. Diese geschmeidigen Bewegungen, dieser sportliche Körper. Wenn die Haushälterin frei hatte, bot ich mich als Babysitter für Cinderella an, nur um in seiner Nähe zu sein. Aber natürlich durfte niemand merken, wie verliebt ich in Conrad war.«

Das Gesicht der jungen Frau leuchtete bei diesem Geständnis.

»Auch als die Kleine nach der Geburt ihres Bruders immer schwieriger wurde, hütete ich sie weiter, nur um wenigstens ab und zu ein Lächeln ihres Vaters zu erhaschen. Dabei war meine Tätigkeit bei den Nachbarn wirklich nicht mehr angenehm. Cinderella wurde immer zickiger. Sie himmelte ihren Vater an und wollte ihn nicht mit dem Bruder teilen. Ständig ersann sie Vorwände, um die Aufmerksamkeit ihres Vaters zu bekommen. Selbst vor Lügen scheute sie nicht zurück. Aber Conrad blieb stets ruhig und verständnisvoll.«

»Sie nennen Herrn Watson also beim Vornamen?«, fragte Kretzer.

»Ja!«, jubelte Sarah Wegner. »Als Frau Watson eines Abends bei einer Veranstaltung der amerikanischen Gemeinde und Cinderella endlich eingeschlafen war, wollte ich mich verabschieden. Doch Conrad bat mich, ihm noch kurz Gesellschaft zu leisten. Ich konnte mein Glück kaum fassen. Wir sprachen sehr vertraut miteinander. Er fragte mich nach meinen Träumen und Plänen. Natürlich gestand ich ihm meine Empfindungen nicht, konnte ihm aber ohne Scheu meine Vorstellungen von einem glücklichen Leben erzählen. Dabei wurde mir selbst erst klar, wie sehr diese von denen meiner Eltern abwichen. Doch ich war mir sicher, auf Conrads Verschwiegenheit vertrauen zu können. Schließlich bot er mir das Du an. Nun waren wir ein Paar und er teilte meine Geheimnisse.«

»Hat Conrad Watson Sie sexuell bedrängt?«, wollte der Hauptkommissar, dieser Schwärmereien überdrüssig, wissen.

»Aber nein!«, protestierte die Befragte. »Conrad ist ein ehrenvoller, treuer Mann. Nur ich wünschte mir so sehr einen Kuss von ihm.«

Kim übernahm das Gespräch angesichts der genervten Miene ihres Chefs.

»Sind Sie denn noch nie von einem Mann geküsst worden?«

»Natürlich nicht. Vor wenigen Tagen fragte mich meine Mutter, ob ich mich schon zu einem bestimmten Mann hingezogen fühlte. Zum Glück drehte ich ihr den Rücken zu, sodass sie mein Gesicht nicht sehen konnte, als ich das verneinte. Das lobte meine Mutter und eröffnete mir, dass sie zusammen mit meinem Vater einen zukünftigen Ehemann für mich auserwählt hatte. Es sei der Sohn des Hohepriesters der Gemeinde von Marseille. Bald sollte ich ihn kennenlernen. Ich wusste ja, dass ich die Entscheidung darüber, wen ich heirate, nicht selbst fällen durfte. Nach den Regeln unserer Gemeinschaft musste ich mich fügen. Aber ich wollte unbedingt einmal von dem Mann geküsst werden, den ich liebte.«

Den Hauptkommissar langweilte diese Liebesgeschichte merklich, also hakte Kim gleich ein.

»Und? Haben Sie Conrad Watson geküsst?«

»Ja. Dieses Gefühl werde ich nie vergessen. So zärtlich berührte mich sein Mund. Mein ganzer Körper bebte. Seine Zunge liebkoste meine Lippen. Ich erwiderte diese sanften Berührungen. Meine Lenden standen in Flammen. Tränen traten in meine Augen. Ich schmeckte die wahrhafte Liebe.«

Selbst Kretzers Miene umfing Verständnis und Mitgefühl. Allein die Erinnerung zauberte eine Schönheit auf Sarah Wegners Gesicht, die beinahe überirdisch anmutete. Dann trübte sich ihr Antlitz wieder.

»Aber schon nach kurzer Zeit, die mir wie eine Ewigkeit erschien, hörte Conrad auf und drückte mich von sich. Ich hatte ihn um diesen einen Kuss gebeten und er war meinem Wunsch nachgekommen. Wir hatten uns hinter eine Hecke in seinem Vorgarten zurückgezogen, damit meine Eltern uns nicht sehen konnten. Woher sollten wir denn wissen, dass Cinderella uns aus einem Fenster beobachtete?«

»Und wie haben Sie das erfahren?«, fragte Kim mit Nachsicht in der Stimme.

»Cinderella lauerte mir am Spielplatz auf, als ich nachmittags von der Bibelstunde kam. Sie gab vor, mir im Gebüsch etwas zeigen zu wollen. Unbedarft folgte ich ihr. Sie war doch nur ein kleines Mädchen. Dort versteckt, erzählte sie mir mit hämischem Grinsen, dass sie beobachtet hatte, wie ich ihren Vater küsste. Ich war starr vor Schreck. Das schien Cinderella zu gefallen und sie fuhr fort, dass sie meinen Eltern davon erzählen werde. Sie nannte mich heimtückische Ehebrecherin.«

Sarah Wegner begann zu weinen.

»Ich hatte meine Eltern belogen, einen Fremden geküsst und gegen das sechste Gebot verstoßen. Das bedeutet den Ausschluss aus unserer Gemeinschaft. Ich wäre eine Geächtete, die alles verloren hat. Ich flehte Cinderella an, diesen einen, unbedeutenden Kuss für sich zu behalten, doch sie lachte nur. Ihr Vater gehöre ihr allein. Sie würde jeden vernichten, der ihr in die Quere kam. Sie sprach wie eine Erwachsene, musste sich auf das Treffen vorbereitet haben. Ich sah mein Leben in Trümmern liegen. Plötzlich bemerkte ich den großen Stein, hob ihn auf und schlug Cinderella damit hart auf den Kopf. Sie brach zusammen und ich rannte nach Hause. Ich wollte das Mädchen nicht töten. Sie sollte einfach schweigen.«

Mit wirrem Blick schaute die junge Frau die Kriminalbeamten an. Sie schien nicht zu begreifen, soeben einen Mord gestanden zu haben. Kim war ob dieser Erkenntnis sichtlich erschüttert. Auch der Hauptkommissar hatte mit dieser Entwicklung nicht gerechnet, flüchtete in die Routine und rief einen Polizisten herbei, der Sarah Wegner abführte. Sie wehrte sich nicht, schien geradezu erleichtert, ihre Schuld gebeichtet zu haben.

Wieder allein im Verhörraum schweigen die Ermittler, bis

Kim schließlich fragte: »Meinst du, der Richter wird Gnade walten lassen?«

»Das hoffe ich angesichts der strengen Regeln der Sekte und der damit verbundenen Gehirnwäsche.«

»Dann hoffe ich«, ergänzte Kim, »dass die junge Frau nach einer kurzen Strafe endlich ein glückliches Leben fern dieser Sekte führen kann. Aber sie könnte ihr Geständnis noch widerrufen. Zum Glück habe ich es auf meinem Handy aufgezeichnet. Doch das ist illegal.«

»Keine Sorge, Kim, schon der Verdacht, Sarah Wegner könnte das Mädchen getötet haben, wird vermutlich zum Ausschluss aus der Sekte führen. Ohne Beistand wird die Frau bei ihrer Aussage bleiben.«

»Weißt du, Sarah Wegner ist zwar die Mörderin eines kleinen Mädchens, aber sie tut mir trotzdem leid.«

Hauptkommissar Kretzer lächelte verständnisvoll und sagte: »Lass uns gehen und Juan berichten, dass der Fall abgeschlossen ist.«

Vergiftet

Es war einer jener Tage, an denen sich Hauptkommissar Richard Kretzer geradezu nach einem Mord sehnte. Doch statt zu ermitteln, musste er sich mit einer Dienstanweisung für Vorgesetzte beschäftigen, in der ein Team aus Psychologen vorschrieb, wie Untergebene zu behandeln seien, um ein Burnout zu verhindern. Kretzer hatte noch nie Probleme mit seinen Mitarbeitern gehabt, behielt stets ihre Gemütsverfassung im Auge. Es gelang ihm schnell, ein vertrauensvolles Verhältnis zu ihnen aufzubauen, ohne dabei seine eigene Autorität zu untergraben.

Normalerweise verschwanden solche für ihn überflüssigen Pamphlete gleich im Papierkorb, doch seit kurzer Zeit musste er sich mit einem jungen Kriminalrat herumplagen, dem es geradezu diebische Freude zu bereiten schien, bei Dienstbesprechungen den Inhalt dieser Anweisungen abzufragen. Die Beteiligten fühlten sich dabei wie Schüler, die bei Unwissen mit vorwurfsvoller Verständnislosigkeit und Vorträgen über die Bedeutung des Einsatzes moderner Psychologie bestraft wurden. Das wollte sich der Hauptkommissar ersparen.

Kim Kaiser war mit den Eintragungen für die Kriminalstatistik beschäftigt, während wenigstens Juan Spaß daran hatte, ein neues Programm auf seinem Computer zu installieren. Es herrschte betriebsame Stille im Raum, als unerwartet Kriminalrat Justus Schwaiger in den Raum trat.

»Guten Tag, die Herrschaften. Wie ich sehe, sind Sie mit Büroarbeit beschäftigt.«

Er stellte sich hinter Kretzer und schmunzelte anerkennend, wobei er nicht sehen konnte, wie der Hauptkommissar seine Miene grimmig verzog.

»Ich muss Sie leider unterbrechen. Wir haben einen ungeklärten Todesfall. Die Leiche des Mannes lag schon einige Zeit unentdeckt in seiner Wohnung. Sie befindet sich zurzeit in der Gerichtsmedizin.«

»Woran ist der Mann gestorben?«, fragte Kim Kaiser.

»Das wissen wir noch nicht genau.«

»Was haben wir denn damit zu tun?«, wollte sie gleich schnippisch wissen.

»Der Gerichtsmediziner vermutet als Todesursache Gift.«

Um die Lektüre der Dienstanweisung beenden zu können und den Kriminalrat schnell loszuwerden, sagte Kretzer: »Das hört sich verdächtig an. Kim, Juan, wir müssen uns den Toten ansehen.«

»Sehr gut. Das habe ich erwartet«, lobte Justus Schwaiger und verließ zufrieden lächelnd den Raum.

»Wenn ich jetzt mit der Installation des neuen Programms aufhöre, muss ich später ganz von vorn beginnen«, maulte Juan.

»Und ich bin mit dieser blöden Statistik auch gerade so gut im Fluss«, ergänzte Kim.

»Okay, dann mache ich mich allein auf in die Gerichtsmedizin«, gab der Hauptkommissar nach.

Dort wurde er von Walter empfangen, der ihm gleich einen Kaffee anbot. Der Tote lag auf dem Seziertisch, war aber noch unversehrt.

»Na, wen haben wir denn hier?«, fragte der Hauptkommissar, das dampfende Getränk in der Hand.

»Bernd Sacher«, antwortete der Gerichtsmediziner. »Mehr weiß ich auch nicht.«

»Und er ist vergiftet worden.«

»Das hat vermutlich unser übermotivierter Kriminalrat Justus Schwaiger verkündet. Der hat doch seinen Posten nur bekommen, weil er der Neffe des Polizeipräsidenten ist, und will sich wohl unbedingt dieser Aufgabe als würdig erweisen. Dabei sagte ich nur, dass der Haarausfall des Mannes dafürsprechen könnte.« Er deutete auf den Kopf des Toten, auf dem sich etliche kahle Stellen zeigten.

»Schwaiger schien sich geradezu zu freuen, endlich mal einen Todesfall ohne Waffe vor sich zu haben. Gleich erinnerte er sich an die in England vergifteten Spione und witterte einen Fall von internationaler Bedeutung. Dabei habe ich noch nicht mal mit der Obduktion begonnen, nur einige Proben ans Labor geschickt. Dessen Antwort kann dauern.«

»Wie bist du denn auf den Zusammenhang von Haarausfall und Gift gekommen?«, wollte Kretzer wissen.

»Ich erinnere mich schwach an einen Fall, den wir während unserer Ausbildung besprachen. Eine Verabreichung von Thallium zieht Haarausfall nach sich. Dieses Gift braucht zwar einige Zeit, um zu wirken, ist dann aber tödlich.«

»Thallium?«

»Ja, es wurde früher viel für Rattengift verwendet, ist heute aber größtenteils verboten. Näheres kann ich dir nach der Obduktion sagen. Aber freue dich nicht zu früh über einen Giftmord. Der plötzliche Verlust von Haaren kann, wie bei kreisrundem Haarausfall, auch andere Ursachen haben.«

»Aber daran stirbt man wohl nicht«, bemerkte Kretzer. »Wer hat den Toten gefunden?«

»Keine Ahnung. Da musst du dich bei der Wache der Streifenpolizisten erkundigen, die zuerst vor Ort waren. Näheres können sie dir am Empfang sagen.«

Durch einen Anruf auf der Wache erfuhr der Hauptkommissar, dass die Leiche des Mannes von seiner Lebensgefährtin Maren Geist gefunden worden war, ebenso deren Adresse und die des Toten.

Er kehrte zu seinen Kollegen zurück, die gerade eine Pause

machten. Sie hatten sich belegte Brötchen aus der Kantine geholt. Erwartungsvoll blickten beide Kretzer an.

»Um es vorwegzunehmen: Ob es sich um einen Tod durch Gift handelt, wissen wir noch nicht. Der Mann könnte auch eines natürlichen Todes gestorben sein.«

»Das würde unseren Kriminalrat aber sehr enttäuschen«, scherzte Kim kauend.

Ihr Chef lächelte und fuhr fort: »Bis das Ergebnis der Obduktion vorliegt, werden wir uns also an das übliche Prozedere bei ungeklärten Todesursachen halten.«

»Aber wie ist denn der Schwaiger auf Giftmord gekommen?«, wollte Kim wissen.

»Eine unbedacht geäußerte Vermutung von Walter wegen des deutlichen Haarausfalls des Toten. Dieser hieß übrigens Bernd Sacher. Juan, finde du bitte alles heraus, was dein Lieblingsermittlungsgerät über ihn ausspuckt. Kim und ich werden seine Lebensgefährtin Maren Geist aufsuchen, die die Leiche gefunden hat. Oder seid ihr immer noch nicht mit euren Arbeiten fertig?«

»Alles erledigt«, verkündete Kim stolz. »Juan hat mir auch noch geholfen, das neue Sicherheitsprogramm auf meinem PC zu installieren.«

»Und was ist mit meinem PC?«, fragte Kretzer, beunruhigt, dass ihm dieses noch bevorstand.

»Keine Sorge«, Juan lächelte, »auch das habe ich schon erledigt.«

»Ich danke dir«, verkündete der Hauptkommissar sichtlich erleichtert. »Gut, Kim, dann lass uns aufbrechen.«

Maren Geist öffnete ihre Wohnungstür mit verweinten Augen. Sie hatte die Polizei schon erwartet und bat die beiden Ermittler herein, nachdem sie sich ausgewiesen hatten. Auf dem Flur standen zwei Koffer. Die drei gingen ins Wohnzimmer und setzten sich.

»Wollen Sie verreisen?«, fragte Kim sogleich.

»Nein, ich bin erst heute Morgen aus Afrika zurückgekehrt.«

»Es tut mir sehr leid, dass Sie gleich nach Ihrem Urlaub eine so schreckliche Entdeckung machen mussten«, sagte Kim mit ehrlichem Mitgefühl.

Die Frau begann zu weinen.

»Ich verstehe das alles nicht. Als ich vor drei Wochen abfuhr, war Bernd kerngesund. Als wir später skypten, klagte er zwar über Magen- und Darmprobleme, doch sowas kommt immer mal vor, wenn man etwas Falsches gegessen hat. Später hab ich mich dann gewundert, warum er nur noch mit mir telefonierte, ohne dass ich ihn sehen konnte. Er erklärte, dass etwas auf seinem Laptop nicht funktioniere. Das glaubte ich ihm auch, weil er so unsicher im Umgang mit Computern war. Doch dann hörte sich seine Stimme so schwach an und es kam mir sogar vor, als würde er hin und wieder stöhnen, so als hätte er Schmerzen. Ich fragte ihn, ob er ernsthaft krank sei, was er aber abstritt. Doch das Ganze beunruhigte mich. Deswegen bin ich auch gleich nach meiner Ankunft zu ihm gefahren.«

»Arbeitete denn Herr Sacher nicht?«, fragte Kim leise.

»Doch, er ist Filialleiter in einem großen Supermarkt. Dort rief ich in den letzten Tagen ein paarmal an, aber mir wurde gesagt, dass mein Lebensgefährte sich krankgemeldet habe. Auf meine Frage, was er denn habe, antwortete mir die Angestellte nur, es sei etwas mit dem Magen und Darm. Allerdings liege für die letzte Woche noch kein Attest vor, weswegen ihn schon jemand in seiner Wohnung aufsuchen wollte. Aber sie hätten gerade sehr viel zu tun. Als ich später Bernd darauf ansprach, wurde er ungehalten und speiste mich mit irgendeiner Ausrede ab. Ich wusste, dass etwas nicht stimmte, und war vollkommen mit den Nerven fertig. Nur die Gewissheit, dass ich in wenigen Tagen heimkehren würde, beruhigte mich etwas. Ich kam zu spät.«

Heftiges Schluchzen schüttelte die Frau. Kim wollte aufstehen und sie trösten, doch ein Blick von Kretzer ermahnte sie, sitzen zu bleiben.

Er fragte: »Sollen wir Ihnen eine Psychologin zur Seite stellen? Sie kennt sich gut mit traumatischen Erfahrungen aus.«

»Ich weiß nicht«, wimmerte die Frau.

»Ich werde das veranlassen«, erklärte Kretzer. »Sie brauchen Beistand und Hilfe.«

Er zückte sein Handy, wählte die Nummer des psychologischen Dienstes der Polizei und vereinbarte, dass eine Mitarbeiterin umgehend in der Wohnung von Maren Geist erschien. Die beiden Ermittler warteten solange.

Wie immer nach solchen Vernehmungen zeigte sich Kim erschüttert. Die Vorstellung, den eigenen Liebsten tot in seiner Wohnung aufzufinden, belastete sie, auch wenn sie zurzeit solo war.

»Wie sieht der Tote denn aus?«, fragte sie ihren Chef.

»Willst du das wirklich wissen?«

»Hat er im Sterben gelitten?«

»So, wie er aussieht, ist es ein qualvoller Tod gewesen.«

Kim schluckte.

»Leider musst du dich in unserem Job an solche Bilder gewöhnen«, versuchte der Hauptkommissar seine Kollegin wieder an ihr Kerngeschäft zu erinnern.

»Du hast ja Recht und wir müssen sachlich bleiben. Doch das ist oft nicht leicht. Danke, dass du mich auf den Boden der Realität zurückholst.«

Die beiden tauschten einen verständnisvoll mitfühlenden Blick und fuhren los.

Juan Montez berichtete, was er über den Toten in Erfahrung gebracht hatte.

»Bernd Sacher war erst sechsunddreißig Jahre alt, war kinderlos und seit fünf Jahren geschieden. Seine Ex-Frau hat wieder geheiratet, lebt in Frankfurt, hat mit dem Neuen ein Kind. Der Tote arbeitete als Filialleiter in einem großen Supermarkt, verdiente gut. In den sozialen Netzwerken war er nicht aktiv, doch ich fand dort Fotos von ihm, die seine Lebensgefährtin Maren Geist gepostet hatte. Die zeigen das Paar im Urlaub am Meer oder bei den Sehenswürdigkeiten einiger Großstädte. Er sah nicht überragend, aber recht ansehnlich aus. Ansonsten war Bernd Sacher ein ganz normaler, unauffälliger Mann.«

»Das hilft uns wenig«, kommentierte der Hauptkommissar. »Was hast du über Maren Geist gefunden? Woher wusstest du überhaupt von ihr?«

»Sie ist auf dem Facebook-Profil des Toten erwähnt. Aber wie gesagt, weitere Informationen über den Mann und seine Freunde, Bekannten war dort nicht zu finden.«

»Schade. Was weißt du über die Frau?«

Kretzer schenkte sich einen lauwarmen Kaffee ein und hörte seinen Magen knurren. Er hatte kaum etwas gegessen. Kim reichte ihm einen Müsliriegel.

»Maren Geist ist fünfunddreißig Jahre alt und arbeitet als Reiseleiterin für ein großes Unternehmen. Mehrmals im Jahr begleitet sie Gruppen auf Auslandsreisen. Sie spricht fließend Englisch, Französisch und Spanisch. Laut Facebook ist sie seit drei Jahren mit Bernd Sacher liiert. Er begleitete sie manchmal, wenn sie neue Urlaubsziele testete. Der Internetauftritt von Maren Geist zeigt Unmengen an Fotos, selbst aus meiner Heimat Mexiko, die die Reiselust von jedem wecken. Ich brauche dringend Urlaub«, beendete Juan grinsend seinen Bericht.

»Ich muss dringend etwas essen«, stellte der Hauptkommissar fest. »Lasst uns für heute Schluss machen, bevor der Kriminalrat uns mit seinen Fragen und Theorien nervt.«

Kim freute sich über den frühen Dienstschluss und beschloss, einen Schaufensterbummel in der Innenstadt zu unternehmen. Das würde sie auf andere Gedanken bringen.

In der U-Bahn entdeckte sie plötzlich ihre ehemalige Klassenkameradin Petra, die sie schon lange aus den Augen verloren hatte. Auch Kim wurde erkannt. Die beiden umarmten sich zur Begrüßung.

»Wie schön, dass wir uns endlich mal wiedersehen«, begann Petra, sichtlich erfreut über das Treffen. »Was hast du gerade vor?«

»Mein Chef hat uns früh entlassen und nun möchte ich in der Innenstadt einfach meine Seele baumeln lassen.«

»Du hast dich damals bei der Polizei beworben, richtig?«

»Ja«, antwortete Kim. »Und da bin ich heute noch. Und was machst du?«

»Ich arbeite als Krankenschwester in einem kleinen Krankenhaus in Wandsbek.«

»Auch kein leichter Job«, bemerkte Kim.

Petras fröhlicher Gesichtsausdruck wandelte sich in tieftraurige Betroffenheit. »Das kannst du wohl sagen.«

»Habt ihr heute einen Patienten verloren?«, fragte Kim mitfühlend.

»Ja, und der Mann war erst sechsunddreißig Jahre alt.«

Die U-Bahn hielt und die beiden Frauen ergatterten Sitzplätze nebeneinander.

»Das ist wirklich zu jung zum Sterben. Hatte der Mann Krebs?«

»Nein«, antwortete Petra fast verzweifelt. »Er wurde wegen einer Magen-Darm-Erkrankung eingeliefert. Die Ärzte dachten, es sei ein Routinefall, den sie schnell heilen könnten. Ungewöhnlich war nur, dass dem Mann die Haare ausfielen. Gleichzeitig ging es ihm immer schlechter. Niemand wusste, woran das lag. Er quälte sich furchtbar und wurde mit

Schmerzmitteln vollgepumpt. Schließlich entschied der Chefarzt, den Patienten ins Universitätskrankenhaus Eppendorf zu verlegen. Doch weil niemand wusste, auf welcher Station er untergebracht werden sollte, dauerte es einige Tage, bis eine Zusage kam. Aber bevor er verlegt werden konnte, starb er heute Morgen unter grässlichen Schmerzen. Seine Leber und seine Nieren hatten versagt. Das Bild dieses jungen, leidenden Mannes verfolgt mich geradezu.«

Kim kam ins Grübeln. Sie erinnerte sich an den Toten in der Gerichtsmedizin. Zwar lag von dort noch kein Ergebnis der Untersuchungen vor, aber konnte es zwischen diesen beiden Fällen vielleicht einen Zusammenhang geben? Ging womöglich ein Giftmörder oder eine Giftmörderin in der Stadt um?

»Was wurde denn als Todesursache festgestellt?«, fragte sie beunruhigt.

»Soweit ich weiß, multiples Organversagen«, antwortete Petra, erstaunt über das Interesse ihrer ehemaligen Klassenkameradin.

»Hat eure Klinik diesen Todesfall der Polizei gemeldet?«

»Warum das denn? Ich glaube nicht. Kurz bevor ich Feierabend machte, sah ich ein Beerdigungsunternehmen vorfahren. Leider sterben in einem Krankenhaus eben auch Leute«, sagte Petra, die es mittlerweile bereute, so offenherzig erzählt zu haben.

»Welches Beerdigungsunternehmen?«, wollte Kim in sachlichem Ton wissen.

»Weiß ich nicht mehr. Ich dachte, ich rede mit dir als Freundin und nicht als Polizistin.«

»Tut mir leid, aber ich muss der Angelegenheit nachgehen. Es handelt sich schließlich um einen ungeklärten Todesfall.«

»Schade, dass dein Beruf dir wichtiger ist als ein vertrauliches Gespräch. Hier muss ich aussteigen. Vielleicht sehen wir uns ja mal wieder.«

Petra flüchtete eilig aus dem Zug. Kim zückte ihr Handy, rief Hauptkommissar Kretzer an und schilderte ihm aufgeregt, was sie gerade erfahren hatte.

»Mädchen, beruhige dich erstmal wieder. Zwei ungeklärte Todesfälle bedeuten noch nicht, dass ein Serienkiller am Werk ist. Das mit dem Haarausfall macht aber auch mich stutzig. Lass uns morgen im Büro weiter nachforschen.«

Doch Kim fühle sich wie ein Spürhund auf der Fährte. »So lange möchte ich nicht warten. Ich kehre ins Kommissariat zurück.«

»Gut, dann will ich dich nicht bremsen. Wir sehen uns morgen.«

Zurück im Büro fiel Kim ein, dass sie gar nicht wusste, in welchem Krankenhaus Kim arbeitete. Vielleicht war über das Universitätskrankenhaus zu erfahren, aus welchem Krankenhaus eine Verlegung angekündigt war und der Patient vorher gestorben war. Das gelang. Sogleich rief sie dort an und erkundigte sich nach dem Namen des Verstorbenen und des Bestattungsunternehmens, das diesen abgeholt hatte. Der Mann hieß Kevin Kleinert. Zum Glück erreichte sie trotz des fortgeschrittenen Nachmittags auch noch jemanden im Beerdigungsinstitut.

»Guten Tag. Kommissarin Kaiser von der Mordkommission. Sie übernahmen heute eine Leiche aus dem Krankenhaus, bei der die Todesursache noch ungeklärt ist. Sie muss in die Gerichtsmedizin überführt werden. Veranlassen Sie das bitte.«

Kim bediente sich dabei eines beinahe befehlsartigen Tonfalls. Der Angestellte begann zu stottern, er sei dazu nicht befugt.

»Darauf können wir keine Rücksicht nehmen. Sie wollen sicher nicht wegen Behinderung der Ermittlungen belangt werden. Ich verlasse mich darauf, dass die Leiche sofort in die Gerichtsmedizin gebracht wird.«

Dann nannte die Kommissarin die Adresse und legte auf. Sie war selbst erstaunt darüber, wie nachdrücklich und unmissverständlich sie ihre Forderung vermittelt hatte. Vielleicht hatte der Kriminalrat ja Recht und sie waren einem großen Fall auf der Spur. Das war spannend, doch die weiteren Untersuchungen überließ sie lieber ihren Kollegen, auch wenn Ungeduld sie zwickte. Am besten sie fuhr nach Hause und ging zeitig ins Bett, damit sie morgen früh ausgeschlafen im Büro erscheinen konnte. Vorher informierte Kim noch Hauptkommissar Kretzer und Juan Montez darüber, was sie herausgefunden und veranlasst hatte. Beide waren beeindruckt von ihrem Tatendrang.

Am nächsten Morgen überraschte Juan seine Kollegen damit, dass er schon über den zweiten Toten im Internet recherchiert hatte.

»Also, der Mann hieß Kevin Kleinert, war fünfunddreißig Jahre alt und Verwaltungsangestellter in Einwohnermeldeamt. Seine Ehefrau heißt Denise Kleinert und sie haben drei Kinder im Alter von fünf, sieben und zehn Jahren. Die Familie macht gern Urlaub auf einem Campingplatz an der Ostsee, wo sie einen Wohnwagen stehen hat. Etwas Auffälliges konnte ich nicht finden. Ist die Leiche mittlerweile in der Gerichtsmedizin angekommen?«

Peinlich berührt von ihrer Nachlässigkeit griff Kim gleich nach dem Telefonhörer, doch Kretzer bremste sie.

»Lass mich das machen. Ich gehe runter. Bei Walter gibt es immer einen leckeren Kaffee.«

»Wir begleiten dich«, sagte Juan und sprang gleich auf.

Der Hauptkommissar schaute Kim fragend an und erkannte sofort, dass diese sich den Anblick der Toten lieber ersparen würde. Er lächelte verständnisvoll.

Nur mit Juan in der Gerichtsmedizin angekommen, war der Arzt bereits in seine Arbeit vertieft. Zwar hasste er Unterbrechungen, doch Hauptkommissar Kretzer war bei ihm immer ein gern gesehener Gast. Also warf er gleich die hochmoderne Kaffeemaschine an, die er sich gegönnt hatte. Währenddessen betrachteten die beiden Ermittler die Leiche von Kevin Kleinert, die tatsächlich Ähnlichkeiten zu der von Bernd Sacher aufwies.

»Gruselig«, bemerkte Juan. »Dem Kerl muss es vor seinem Tod echt dreckig gegangen sein. Heftigen Haarausfall hatte er auch.«

Der Gerichtsmediziner verteilte den Kaffee und sprach versonnen: »Solche Fälle hatte ich noch nie auf dem Tisch.«

»Kannst du schon etwas über die Todesursachen sagen?«, fragte Kretzer.

»Bernd Sacher verstarb vermutlich an Nieren- und Leberversagen. Auch seine Nerven waren erheblich geschädigt. Das könnte für das Gift Thallium sprechen, aber die Ergebnisse aus dem Labor liegen mir noch nicht vor. Diesen neuen Toten muss ich erstmal aufmachen. Er kam nämlich erst heute am frühen Morgen.«

»Thallium? Was ist das denn?«

»Ich bin kein Chemiker«, erklärte Walter. »Aber ich weiß, dass es ein äußerst giftiges chemisches Element ist. Es gilt als Metall.«

»Na, dann werden die Toten es wohl kaum gegessen haben«, bemerkte Juan.

»Da irrst du dich. Es kann als geschmack- und geruchloses Pulver in Speisen verabreicht werden.«

»Wer macht denn sowas? Was ist denn aus dem guten alten Arsen geworden?«, fragte Juan schelmisch.

»Da wir noch nicht wissen, ob dieses Element im Zusammenhang mit den Todesfällen steht, sollten wir abwarten, was das Labor dazu sagt. Bitte, Walter, ruf mich gleich an, wenn die Ergebnisse vorliegen.«

Kaum waren die Ermittler in ihr Büro zurückgekehrt, stürmte Kriminalrat Justus Schwaiger herein. »Nun haben wir also schon den zweiten ungeklärten Todesfall. Das sieht nach einer Serie aus. Die Russen eliminieren deutsche Agenten. Kretzer, setzen Sie sich mit dem Bundesnachrichtendienst in Verbindung. Der muss sofort informiert werden, um weitere Morde zu verhindern. Wir müssen eng mit dem BND zusammenarbeiten.«

Zum Glück bemerkte der Kriminalrat nicht das Grinsen des Hauptkommissars. Dieser sprach dann aber mit großem Ernst: »Natürlich, Herr Schwaiger, aber der Kontakt zu übergeordneten Behörden obliegt doch Ihnen als Vorgesetztem. Die dortigen Kollegen würden einem unbedeutenden Licht wie mir kaum Gehör schenken. Herr Montez druckt Ihnen schnell die Informationen aus, die wir bisher haben.«

Der Kriminalrat nickte aufgeregt, während der Drucker bereits seinen Dienst tat. Wortlos schnappte er sich die Unterlagen und eilte davon.

»Der soll sich ruhig selbst lächerlich machen«, kommentierte Kretzer diesen Auftritt.

»Aber er könnte doch Recht haben«, wendete Kim ein.

»Das halte ich eher für unwahrscheinlich. Zwei unauffällige, unbescholtene Bürger sollen Spione sein und sich einfach vergiften lassen? Das ist eher Stoff für einen Roman oder Film, als dass es in der Wirklichkeit vorkommt.«

»Doch manchmal sieht man auch Pferde direkt vor der Apotheke kotzen«, verteidigte sich Kim.

Das Telefon klingelte und Kretzer nahm ab.

»Das war Walter. Wir sollen sofort in die Gerichtsmedizin kommen.«

»Ach, dann ist der Laborbericht schon eingetroffen«, vermutete Juan.

»Keine Ahnung. Kim, möchtest du diesmal mit?«

»Lieber nicht, es sei denn, du bestehst darauf.«

»Wie könnte ich, wenn ich doch jüngst in einer Dienstanweisung las, dass Vorgesetzte auf das Gemüt besonders sensibler Mitarbeiter Rücksicht nehmen sollen.«

»Die haben aber nichts in der Mordkommission zu suchen«, bemerkte Juan lächelnd. »Oder bist du etwa eine Quotenfrau, Kim?«

Diese warf mit gespielter Empörung ein Papierknäuel nach ihm.

Der Gerichtsmediziner begrüßte die beiden Ermittler mit sehr schlechter Laune.

»Will man mich mit Leichen zuschaufeln?«, fragte er verärgert.

»Wegen Arbeitsüberlastung hast du uns bestimmt nicht angerufen, Walter. Was ist denn so wichtig?«

»Gerade kam ein Selbstmörder rein. Irgendjemand ist von der Köhlbrand-Brücke gesprungen. Drei Tage lag er im Wasser. Was seine Identität angeht, müsst ihr die Kollegen fragen. Solche Leichen sind für mich eigentlich ein Routinefall und die Todesursache geklärt, aber man wusste wohl nicht, wohin mit der Leiche. Also wollte ich sie erstmal in ein Kühlfach schieben, doch dabei rutschte das Leichentuch runter. Seht euch den Typen mal an. Da liegt er.«

»Haarverlust und gequälte Blässe wie bei den anderen«, stellte Juan nüchtern fest.

»Ja, diese Ähnlichkeit in der Erscheinung hat auch mich stutzig gemacht. Das wäre dann der dritte Tote dieser Art. Genaueres weiß ich natürlich erst nach der Obduktion. Das riecht nach einer Nachtschicht.«

»Danke, Walter, dass du uns gleich Bescheid gegeben hast. Sobald wir auch den Namen dieses Toten haben, werden wir versuchen herauszufinden, ob es eine Verbindung zwischen den dreien gibt.«

»Wir haben hoffentlich keinen fleißigen Serienkiller in unserer schönen Stadt«, sagte der Gerichtsmediziner und begann mit seiner Arbeit.

»Schon wieder ein Toter mit Haarausfall«, stellte Kim fest.

»Ja«, bestätigte Kretzer, »aber dieser beging eindeutig Selbstmord. Juan, finde bitte mal etwas über diesen Torben Müntering heraus.«

»Ihr kennt bereits seinen Namen?«, äußerte Kim Erstaunen.

»Ja, seine Papiere, Kreditkarten etc. wurden in der Tasche seines Jacketts gefunden. Auch wenn es einige Zeit dauerte, bis die Taucher den Toten gefunden hatten, ließ seine durchweichte Kleidung doch erkennen, dass er sich für seinen Selbstmord extra schick gemacht hatte«, erklärte der Hauptkommissar.

»Wer hat denn gemeldet, dass der Mann von der Brücke gesprungen war?«

»Ein Taxifahrer.«

»Dann sollten wir diesen befragen, solange Juan das Internet nach Torben Müntering durchsucht«, schlug Kim vor.

»Weißt du, für welches Unternehmen der Taxifahrer arbeitet, Richard?«

»Ja, aber lass ihn uns im Kommissariat befragen.«

»Gut, dann werde ich ihn hierher zitieren«, schlug die Kommissarin vor, die immer noch stolz auf ihren Umgang mit dem Angestellten des Beerdigungsinstituts war.

Der Taxifahrer mit türkischem Migrationshintergrund hockte ziemlich verunsichert im Verhörraum, als Richard Kretzer und

Kim Kaiser eintraten. Er begann das Gespräch gleich mit dem Satz: »Ich habe nichts gemacht.«

»Das glauben wir Ihnen«, beruhigte der Hauptkommissar den Zeugen. »Ihr Name ist Mohammed Görken. Richtig?« Der Mann nickte.

»Herr Görken, was haben Sie genau beobachtet? Bitte lassen Sie sich Zeit und fangen Sie ganz von vorn an. Dürfen wir ein Tonband mitlaufen lassen?«

Wieder nickte der Mann und begann zu reden: »Also, die Taxizentrale schickte mich zu einem Kunden, der angeblich zu einem Geschäftstermin in den Hafen gebracht werden sollte. Der Mann, der dann in mein Taxi stieg, war auch entsprechend angezogen, trug sogar einen Hut. Vielleicht hätte ich mich wundern sollen, dass es schon Abend wurde, doch der Hafen schläft ja nie. Ich wählte die kürzeste Verbindung zu der genannten Adresse über die Köhlbrand-Brücke. Plötzlich, gerade an deren höchster Stelle über der Elbe, forderte der Fahrgast mich in ziemlich harschem Ton auf, anzuhalten, weil ihm schlecht sei und er nicht in mein Auto kotzen wolle. Erst da fiel mir durch einen Blick in den Rückspiegel auf, wie elend der Mann aussah. Sein Gesicht war schmerzverzerrt. Also hielt ich an. Dann ging alles ganz schnell. Der Mann stieg aus, wankte zur Brüstung, kletterte rauf und ließ sich runterfallen. Ich hätte nichts machen können.«

Dem Taxifahrer war deutlich anzusehen, wie unwirklich und unverständlich, ja schockierend das Erlebnis auch im Nachhinein noch auf ihn wirkte. Kim reichte ihm ein Glas Wasser.

Dann sprach er weiter: »Ich weiß ja, dass man auf der Brücke nicht ohne Grund halten darf, aber ich gehorchte ohne nachzudenken. Verliere ich deswegen meinen Führerschein? Den brauche ich so dringend. Ich muss doch für meine Familie Geld verdienen. Ich habe vier Kinder ...«

Hauptkommissar Kretzer unterbrach den Zeugen. »Dazu

kann ich Ihnen leider nichts sagen, doch werde mich dafür einsetzen, dass Sie mit einem Bußgeld davonkommen.«

»Ich fahre oft über diese Brücke«, jammerte der Mann. »Ich konnte doch nicht ahnen, dass ich einen Selbstmörder transportiere.«

»Natürlich nicht«, versuchte Kim den Taxifahrer zu beruhigen. »So wie Sie das Verhalten des Mannes schildern, war er fest entschlossen. Seinen Selbstmord hätte wohl niemand verhindern können. Hätten Sie nicht angehalten, wäre er vermutlich aus dem fahrenden Auto gesprungen.«

»Das wissen wir zwar nicht, aber es klingt logisch, Kim«, übernahm Kretzer wieder das Verhör. »Was haben Sie gemacht, nachdem der Mann verschwunden war?«

»Zuerst dachte ich, das Ganze sei nur Einbildung gewesen und der Mann sei, weil ich ihn nicht mehr sah, einfach zusammengebrochen. Also stellte ich die Warnblinkanlage an und stieg ebenfalls aus. Doch der Mann war tatsächlich weg. Ich schaute über die Brüstung, doch konnte ich im Wasser nichts entdecken. Es war ja auch schon dämmrig.«

»Und dann?«

»Ich rief die Feuerwahr an, die ziemlich schnell zusammen mit der Polizei erschien. Ich erzählte, was passiert war, doch zuerst glaubte mir niemand. Die Polizei führte mich ab. Ich bin kein Verbrecher, kein Mörder. Schließlich ließen sie mich laufen, verbunden mit der Auflage, dass ich Hamburg nicht verlassen darf. Aber nun sitze ich bei der Mordkommission, dabei habe ich nur einem kranken Gast einen Wunsch erfüllt.«

»Wir glauben Ihnen und ermitteln auch nicht gegen Sie«, erklärte der Hauptkommissar dem verzweifelten Taxifahrer. »Nur noch eine letzte Frage, bevor sie wieder gehen können. Hat Ihr Fahrgast irgendetwas gesagt?«

»Nein, er hat sich nur auf den Rücksitz gesetzt und die Adresse genannt, wohin ich ihn bringen solle. Wenn ich ihn mir genauer angesehen hätte, hätte ich die Fahrt vielleicht gar nicht angenommen. Irgendwie sah er aus wie ein Zombie, doch ich war damit beschäftigt, die Adresse in mein Navi einzugeben, und fuhr dann gleich los.«

Die beiden Ermittler verabschiedeten sich von dem Zeugen, nicht ohne ihm zu versichern, dass ihn kein Verschulden an dem Tod seines Fahrgastes traf.

Wieder in ihrem Büro berichtete Juan gleich, was er über den dritten Toten herausgefunden hatte.

»Facebook ist gerade ausgefallen, weswegen ich dort noch nicht recherchieren konnte. Also erstmal die Eckdaten. ›Torben Müntering‹ ist sechsunddreißig Jahre alt …«

»Also im gleichen Alter wie die anderen beiden«, unterbrach ihn Kim.

»Richtig, meine Süße«, stimmte Juan mit einem schelmischen Grinsen zu. »Er ist geschieden und lebt offiziell allein. Ihm gehört ein Autohaus für hochpreisige Mercedes-Modelle. Das hat einen guten Ruf und scheint auf soliden finanziellen Füßen zu stehen. Der Tote hatte ein recht ansehnliches Guthaben bei der Bank, was mir ein Mitarbeiter dieser Bank ganz leutselig am Telefon erzählte. Ich musste nicht mal das Ableben von Torben Müntering erwähnen.«

»Danke, Juan. Nun finde bitte mal heraus, ob die Toten etwas verbindet.«

»Ganz ohne Facebook?«, fragte er ungläubig.

»Die dortige Störung wird sicher schnell behoben. Ansonsten vertraue ich auf dein Ermittlungstalent. Kim und ich besuchen das Autohaus.«

»Kann ich nicht mitkommen?«, fragte Juan, der sich besonders für Luxusautos begeisterte.

»Nein, du wirst leider hier gebraucht.«

Das Autohaus lag in einem Gewerbegebiet und protzte auf der Ausstellungsfläche vor und in dem Gebäude selbst mit teuren Limousinen. Die beiden Besucher wurden gleich von einem jungen Mitarbeiter begrüßt und nach ihren Wünschen gefragt. Kim Kaiser und Richard Kretzer gaben erstmal vor, sich umschauen zu wollen. Der Mann folgte ihnen und wurde nicht müde, die Autos anzupreisen. Dann trat ein Kunde in den Raum und erhielt sofort die Aufmerksamkeit des Mitarbeiters, der diesen gleich beim Namen nannte.

»Ich muss Torben sprechen. Ist er wieder gesund? Er geht nicht an sein Handy«, sagte der Mann.

»Tut mir leid, aber Herr Müntering ist nicht im Haus. Darf ich Ihnen weiterhelfen?«

»Mist, wann erwarten Sie ihn zurück?«

»Ich gehe davon aus, dass Herr Müntering Ihnen morgen wieder zu Diensten sein kann«, beruhigte der junge Mann den Kunden.

Ohne ein weiteres Wort verschwand dieser.

Nun stellten die Ermittler sich als Kriminalbeamte vor, wiesen sich aus. Erschrocken wich der Mitarbeiter des Autohauses zurück.

»Ich bin nur Auszubildender. Herr Obermeier, kommen Sie bitte mal?«

Aus einem Büro eilte ein anderer Mitarbeiter herbei.

»Womit kann ich Ihnen helfen?«, fragte der Mann, den ein Schild am Jackett als Martin Obermeier vorstellte.

»Wir sind von der Polizei und haben einige Fragen«, antwortete der Hauptkommissar.

»Darf ich bitte Ihre Ausweise sehen?«

Die Ermittler zeigten sie vor. Herr Obermeier sah sich diese genauer an.

»Sie sind Kriminalbeamte? Worum geht es?«

»Wir müssen Ihnen leider mitteilen, dass Ihr Chef, Torben Müntering, verstorben ist«, erklärte Kretzer.

»Vermutlich keines natürlichen Todes, sonst wären Sie nicht hier«, stellte der Angestellte sachlich fest.

Ohne darauf einzugehen fuhr Kretzer fort: »Was können Sie mir über den Toten sagen?«

»Ich verkehrte nie privat mit ihm, aber er war ein hervorragender Verkäufer. Besser sprechen Sie mit unserer Buchhalterin, Frau Kovac. Sie kennt Herrn Müntering seit ihrer gemeinsamen Schulzeit. Wenn Sie mir bitte folgen wollen.«

Die Frau saß in ihrem Büro und arbeitete am Computer, als die drei eintraten.

»Frau Kovac, entschuldigen Sie die Unterbrechung. Zwei Polizisten wollen Sie sprechen. Herr Müntering ist tot.«

Die Buchhalterin blickte den unerwarteten Besuch erschrocken an. »Mein Gott, war er denn so krank?«, fragte sie mit zitternder Stimme.

»Ich muss in den Verkaufsraum. Gerade ist ein Kunde eingetroffen«, verabschiedete sich Herr Obermeier.

Frau Kovac stand auf und schaute Kim Kaiser und Richard Kretzer ungläubig an. »Ist das wirklich wahr?«

»Ja«, antwortete Kretzer schlicht.

Die Frau setzte sich wieder und machte einen ehrlich erschütterten Eindruck. Sie begann zu weinen.

Nach einer kurzen Zeit des Schweigens übernahm Kim die Befragung. »Ich kann Ihre Trauer verstehen, denn Sie kannten den Verstorbenen ja schon lange. Aber wir müssen einiges über Herrn Müntering wissen.«

Frau Kovac sammelte sich und sagte: »Ich weiß nicht mal, ob es schade um diesen Menschen ist, aber er war ein begnadeter Verkäufer. Er hätte auch einem Nomaden aus der Sahara Wüstensand verkaufen können. Selten verließ ein Interessent dieses Geschäft, ohne vorher den Kaufvertrag über einen teuren Wagen unterschrieben zu haben, selbst wenn das seine finanziellen Möglichkeiten überschritt. Blieben die Ratenzahlungen aus, nahm der Chef das Auto wieder zurück, hatte gleich einen neuen Abnehmer dafür und drehte dem Säumigen wieder ein teures Modell an. Trotzdem liebten ihn alle unsere Kunden.«

»Sie kennen Herrn Müntering bereits aus Ihrer Schulzeit?«

»Ja, wir waren sogar in der gleichen Klasse auf der Gemeinschaftsschule.«

»Was können Sie uns, außer seinem Geschick als Verkäufer, über die Persönlichkeit von Herrn Müntering sagen?«

»Alle kannten ihn nur als freundlichen, zuvorkommenden Mann, der durch Schmeicheln die Herzen eroberte.«

»Und wie ist Ihr persönlicher Eindruck?«, frage Kim, die spürte, dass der Buchhalterin etwas auf der Seele lag.

»Ich möchte nicht schlecht über einen Toten reden.« Die Frau seufzte.

»Keine Sorge, was Sie uns erzählen, bleibt vertraulich. Doch wir möchten uns ein umfassendes Bild über den Toten machen.«

Es war die verständnisvolle Art von Kim Kaiser, die die Zunge der Frau löste. »Der Torben war wirklich ein überzeugender Mann, attraktiv, stets gut gekleidet und blendender Laune. So zeigte er sich schon als Schüler. Doch ich kann einfach nicht vergessen, wie er und seine Clique mit unserem Klassenkameraden Florian Herz umgegangen sind.«

»Was war das für eine Clique und wer gehörte dazu?«, wollte Kim nun wissen.

»Es waren nur vier Jungs, aber irgendwie gaben sie den Ton in unserer Klasse an. Niemand traute sich, ihnen entgegenzutreten.«

»Erinnern Sie sich noch an die Namen?«

Frau Kovac überlegte kurz. »Es waren Gregor Zeisig, der Anführer, Bernd Sacher, Kevin Kleinert und eben Herr Müntering.«

Die Ermittler bemühten sich, ihre Freude über den nun gefundenen Zusammenhang zwischen den Toten zu verbergen.

»Und was spielte Florian Herz dabei für eine Rolle?«, fuhr Kim fort.

»Er war das Opfer«, stellte die Frau beinahe nüchtern fest. »Ich weiß nicht mehr, wann diese Viererclique begann, ihn zuerst zu hänseln, dann zu drangsalieren und schließlich sogar körperlich zu quälen. Ich kannte Florian gut und mochte ihn gern. Er war ein ganz normaler Junge mit durchschnittlichen Schulleistungen, nur etwas schüchtern. Mir erzählte er unter dem Siegel der Verschwiegenheit, dass seine Mutter psychisch krank war, oft unter schweren Depressionen litt. Da sie alleinerziehend war, fühlte Florian sich für sie verantwortlich. Und natürlich durfte niemand von der Krankheit der Mutter wissen. Alle Demütigungen und Verletzungen ertrug er schweigend, vermutlich um seine Mutter nicht damit zu belasten.«

»Sie sprechen auch von körperlicher Gewalt gegen Florian Herz. Was darf ich mir darunter vorstellen?«, wollte der Hauptkommissar wissen.

»Daran mag ich gar nicht denken«, wehrte Frau Kovac wehmütig ab.

»Es tut mir leid, aber dieses ist ein besonderer Fall. Bitte erzählen Sie uns, was Sie wissen.«

»Ich war ja nicht immer dabei, aber der Clique schien es wichtig, dass möglichst viele ihr grausames Handeln mitbekamen. So begannen sich alle davor zu fürchten, das Missfallen der vier zu erregen. Niemand wagte es, Florian beizustehen oder die Vorfälle den Lehrern zu melden. Später erfuhr ich, dass der Anführer Gregor von seinem Vater geprügelt wurde. Vielleicht konnte er deswegen so grausam sein. Aber Torben Müntering trug auch seinen Teil zu diesen Misshandlungen bei. In seiner überzeugenden Art stachelte er Gregor förmlich an, den armen Florian zu quälen. Die anderen beiden waren wohl nur Mitläufer, die zu viel Angst hatten, in Ungnade zu fallen.«

»Können Sie uns Beispiele nennen?«

Die Frau erschauerte, seufzte, sprach jedoch weiter: »Anfangs klaute die Gruppe Florian nur Sachen aus seiner Schultasche. Dann musste er sich in den Pausen von anderen Klassenkameraden fernhalten, durfte nur abseits in einer Ecke stehen. Als er diese Regel mal missachtete, wurde er heftig vermöbelt. Die Pausenaufsicht bemerkte das nicht oder schaute weg. Eines Tages, nach Schulschluss, als alle nach Hause wollten, rammte Gregor Florian ein Messer in die Hand, nagelte ihn so an seinem Pult fest. Bernd und Kevin mussten bleiben, das Leiden mit einer Videokamera festhalten. Als die Putzfrauen gegen Abend kamen, verschwanden die Wächter. Florian befreite sich. Zum Glück waren an seiner linken Hand keine wesentlichen Dinge verletzt. Er ging dann zum Arzt. Keine Ahnung, was für eine Lüge er diesem auftischte. Das Video von seinem schmerzverzerrten Gesicht, seinen Tränen, seinem Flehen um Hilfe und Betteln um Erbarmen wurde jedenfalls in der ganzen Klasse herumgezeigt. Ich glaube, viele unserer Klassenkameraden verurteilten diese Tat, trauten sich jedoch nicht, etwas zu sagen. Auch ich war zu feige.«

Frau Kovac war anzusehen, dass sie sich für ihre damalige Untätigkeit schämte.

»Dann bekamen wir eine neue Mitschülerin, die sich gleich zu Florian hingezogen fühlte. Da die Mitglieder der Clique gerade selbst mit ihren Liebschaften beschäftigt waren, bemerkten sie zuerst nichts. Florian und das Mädchen trafen sich, und schließlich küssten sie sich vor der Schule. Das sahen Gregor und seine Bande. Kurz darauf überfielen sie das Mädchen auf ihrem Heimweg und alle vier vergewaltigten sie. Auch das wurde auf einem Video festgehalten und später Florian gezeigt. Das Mädchen, dessen Name ich vergessen habe, verließ die Schule, ohne das Verbrechen anzuzeigen.

Florian war so schockiert und so gebrochen, dass er sich vollkommen zurückzog. Er versuchte alles, um seinen Peinigern auszuweichen. Das stachelte deren Ehrgeiz noch an. Irgendwann tönte Gregor sogar, die Clique hätte Florian die Eier zerquetscht. Florian meldete sich tatsächlich eine Woche krank, sprach jedoch nie darüber, ob und was geschehen war.«

»Ich glaube, wir haben genug gehört«, beendete der Hauptkommissar die Befragung unruhig. Kennen Sie die Adresse von Gregor Zeisig?«

Die Frau verneinte. Kretzer hatte es nun eilig und hastete mit Kim aus dem Autohaus.

Wieder in seinem Auto, zückte er sein Handy, forderte einen Polizeimitarbeiter auf, die Adresse von Gregor Zeisig herauszufinden, diese umgehend durchzugeben sowie einen Streifenwagen wie auch einen Krankenwagen sofort dorthin zu schicken. Dabei klang Kretzers Stimme beinahe beängstigend forsch. Auch Kim quälten böse Ahnungen.

»Drei Mitglieder dieser Clique sind schon tot. Vielleicht können wir den Letzten noch retten«, sprach sie aufgeregt.

»Ich glaube nicht«, verkündete der Hauptkommissar nüchtern.

»Du meinst also auch, dieser Florian Herz rächt sich an seinen Peinigern?«

»Das klingt zumindest logisch.«

»Es ist schrecklich, was dem armen Jungen damals angetan wurde. Dabei wissen wir vermutlich noch nicht mal alles. Warum nur hat ihm niemand geholfen?«

»Feigheit in Kombination mit Gleichgültigkeit«, erklärte Kretzer.

Schon wurde ihnen die Adresse von Gregor Zeisig durchgegeben und sie brausten los.

»Der Mann wohnt in einer teuren, vornehmen Gegend. Hoffentlich kommen wir noch rechtzeitig«, sagte Kim mit vor Anspannung zitternder Stimme.

»Bleib ruhig, Mädchen, auch wenn das ein grausamer Fall ist.«

Die Ermittler erreichten die Villa zur gleichen Zeit wie der Streifenwagen. Der Hauptkommissar wies Kim an, im Auto zu warten, und bat die beiden Polizisten, mit ihm zur Haustür zu gehen. Die Villa war im Erdgeschoss hell erleuchtet, während im Obergeschoss kein Licht brannte und zwei Fenster mit Rollläden verschlossen waren. Die Streifenpolizisten zückten ihre Waffen, Kretzer trat vor und klingelte. Die Tür wurde gleich geöffnet. Vor ihm stand ein vertrauenswürdig aussehender Mann von circa Mitte dreißig und lächelte.

»Gregor Zeisig?«, fragte der Hauptkommissar.

»Nein, mein Name ist Florian Herz und ich habe Sie schon erwartet. Treten Sie bitte ein.«

Die Streifenpolizisten wollten vorwärtsstürmen, doch Kretzer hielt sie zurück, befahl ihnen, vor dem Eingang auf den Krankenwagen zu warten. Dann folgte er dem Mann ins Haus. Sie betraten das edel eingerichtete Wohnzimmer, in dem auch ein Tisch mit vier Stühlen stand, an dem Florian Herz den Hauptkommissar bat, Platz zu nehmen.

»Ihnen etwas anzubieten, vermittelt wohl den Eindruck von Hochmütigkeit, denn ich bin ja nicht der Hausherr.«

»Wo ist Herr Zeisig?«

»Im Schlafzimmer im Obergeschoss.«

»Lebt er noch?«

»Nein, er ist seit zwei Tagen tot.«

Kretzer schaute sein Gegenüber an. Der Mann wirkte ganz ruhig.

»Haben Sie Gregor Zeisig umgebracht?«

»Ja«, war dessen kurze Antwort.

»Dann verhafte ich Sie wegen des Verdachts des Mordes an Gregor Zeisig. Alles, was Sie von nun an aussagen, kann gegen

Sie verwendet werden. Wir bringen Sie jetzt ins Kommissariat. Von dort aus dürfen Sie einen Anwalt anrufen.«

Der Mann stand auf und streckte dem Hauptkommissar seine Hände entgegen. Da Kretzer selbst keine Handschellen dabeihatte, rief er die Streifenpolizisten. Florian Herz wurde abgeführt. Kretzer ging nach oben, wo er einen Toten entdeckte. Dieser lag nicht im Bett, sondern mit verkrampftem Körper auf dem Boden. Seine Haare waren fast vollständig ausgefallen. Auf einer Anrichte lag ein Portemonnaie. Darin fand sich ein Ausweis, dessen Foto Ähnlichkeit mit dem Toten zeigte. Es war Gregor Zeisig, dessen Ableben qualvoll gewesen sein musste.

Als Richard Kretzer das Haus verließ, bemerkte er voller Erstaunen Kollegen des schwer bewaffneten Sondereinsatzkommandos, die gerade wieder in ihren Mannschaftswagen stiegen.

»Wer hat denn die gerufen?«, fragte er ungläubig.

Kim antwortete schmunzelnd: »Dreimal darfst du raten. Unser Kriminalrat hat von diesem Einsatz erfahren und fürchtete, wir würden eine ganze Agentenzelle auffliegen lassen. Fürsorglich, wie er nun mal ist, ließ er die Kavallerie anrücken. Ich bin gespannt, ob wir auch noch Luftunterstützung bekommen.«

Auch Kretzer lächelte und sagte: »Wie beruhigend, dass wir einen Vorgesetzten haben, der sich so um uns sorgt. Los, Abfahrt.«

Am nächsten Tag verzichtete Kim darauf, an dem Verhör des Verdächtigen teilzunehmen. Sie fürchtete sich vor weiteren grausamen Details zu den Morden und dem Schicksal von Florian Herz. Juan nahm ihre Stelle ein.

Zuerst fragte der Hauptkommissar: »Darf ich unser Gespräch auf einem Tonbandgerät aufzeichnen?«

Florian Herz nickte.

Es wurden dessen Personalien verlesen, die er bestätigte. Dann sagte er beinahe gelangweilt:»Machen wir es kurz. Ich habe Bernd Sacher, Kevin Kleinert, Torben Müntering und Gregor Zeisig vergiftet.«

»Warum?«, stammelte Juan Montez, erschrocken darüber, dass der Verdächtige die grausamen Taten so ungerührt gestand, als seien sie das Selbstverständlichste der Welt. Richard Kretzer und Kim Kaiser hatten vor dem Verhör noch keine Gelegenheit gehabt, ihrem Kollegen von dem Gespräch mit Frau Kovac zu berichten.

»Weil ich schon lange davon träumte, mich an ihnen zu rächen«, erklärte Florian Herz triumphierend.

»Warum?«, fragte Juan nochmals ungläubig und der Hauptkommissar ließ ihn gewähren.

»Sie haben mich einfach zu lange und heftig gequält, mein Leben zerstört.«

Kretzer mischte sich ein. »Wir erfuhren bereits von Frau Kovac, dass die vier Toten Ihnen während der Schulzeit Demütigungen und körperliche Gewalt angetan haben.«

»Ja, die gute Sabine, doch auch von ihr bekam ich keine Hilfe. Alle in meiner Klasse schauten zu, wie diese Clique mich fertigmachte. Diese Feigheit glich einer Bestätigung für die Aktionen der grausamen vier. Schließlich glaubte selbst ich, so eine Behandlung verdient zu haben.«

»Und warum haben Sie sich mit Ihrer Rache so viel Zeit gelassen?«

»Es war ein Traum, doch ich musste mich früh daran gewöhnen, dass meine Träume nie Wirklichkeit werden. So wie viele meines Alters träumte ich einst davon, eine Familie zu gründen. Doch nach der Vergewaltigung meiner Freundin fürchtete ich, dass allen Frauen, die sich mit mir einließen, so ein Schicksal drohte. Auch wenn ich diese Männer nach dem Schulabschluss selten traf und dann sofort flüchtete, blieb meine Angst vor ihnen. Und sie hatten ja auch dafür gesorgt, dass ich niemals würde Kinder zeugen können.«

»Was gab Ihnen plötzlich die Kraft, Ihren Traum doch noch zu verwirklichen?«

Florian Herz lächelte. »Das verdanke ich einem Zufall. Schon viele Jahre arbeite ich für einen Paketdienst, der auch berechtigt ist, Gefahrengüter zu transportieren. Durch meine Zuverlässigkeit und meine lange Zugehörigkeit zu der Firma wurden diese Transporte meistens mir übertragen. Vor circa einem halben Jahr beförderte ich eine Kiste Thalliumpulver zu einem Unternehmen. Dort stellte die Mitarbeiterin fest, dass eine Metallschachtel zu viel geliefert wurde, und forderte mich auf, diese zurückzusenden. Da ich Dienstschluss hatte, nahm ich die Schachtel mit nach Hause. Ich wusste nicht, was Thallium ist, und informierte mich im Internet. So erfuhr ich von der hochgiftigen Wirkung dieses Elements und dass es einen langsamen, qualvollen Tod herbeiführte. Damit konnte ich endlich meinen Traum verwirklichen. Seltsamerweise fiel es niemandem auf, dass das Thalliumpulver verschwunden war.«

»Wie haben Sie es den Männern verabreicht?«

»Ich ließ mir Zeit mit meinem Plan. Dann erfuhr ich aus dem Internet, dass ein Klassentreffen meines Jahrgangs geplant war, das natürlich die Clique organisierte. Die sozialen Netzwerke sind wirklich ein Segen, weil dort alle besonders privaten Informationen wie auf dem Präsentierteller liegen. Ich hatte schon lange gelernt, mich dort unerkannt zu bewegen. Am meisten hat mich geärgert, zu lesen, dass Gregor Zeisig eine sehr reiche Amerikanerin geheiratet hatte, ein sorgloses Leben im Wohlstand führte und sogar zwei Kinder mit dieser Frau hatte. Ich erfuhr, dass seine Frau mit den noch nicht schulpflichtigen Kindern zu einer längeren Reise in ihr Heimatland aufgebrochen war. Diese Zeit nutzte Gregor, um mit seinen Kumpeln das Klassentreffen zu organisieren. Sie trafen sich in einem Gasthof, den meine Firma gelegentlich belieferte. So fiel ich nicht auf, als ich in die Küche schlich und das Essen der vier mit Thallium vergiftete. Zum Glück ist dieses Gift geschmack- und geruchlos.«

Die Erinnerung an diese Tat ließ Florian Herz zufrieden grinsen, während Juan Montez erschauerte und Richard Kretzer tief einatmete.

Der Geständige fuhr fort: »Ich hatte gelesen, dass der Tod durch eine Thalliumvergiftung schleichend naht, unheilbar und sehr qualvoll ist. Das wollte ich mir natürlich ansehen. Leider hatte ich bei Kevin keine Chance. Der war schon immer wehleidig und flüchtete sich ins Krankenhaus. Als ich mir dort sein Leiden anschauen wollte, lag er aber schon auf der Intensivstation, die ich nicht betreten durfte. Dabei wollte ich so gern, dass er weiß, wem er seine Qualen zu verdanken hat. Er war zwar nur ein Mitläufer von Gregor und Torben, aber diese Menschen sind doch besonders verachtungswürdig. Den anderen Mitläufer, Bernd Sacher, besuchte ich einmal, aber er öffnete die Tür nicht. Also mussten beide unwissend sterben.«

Juan gab Kretzer ein Zeichen, das Verhör abzubrechen. Er meinte, genug gehört zu haben. Der Hauptkommissar deutete mit dem Daumen zur Tür. Dankbar, von der Schilderung weiterer Grausamkeiten verschont zu werden, verließ Juan den Verhörraum.

Florian Herz beobachtete das. »Ihr Kollege hat vermutlich keine Ahnung, was mir während der Schulzeit angetan wurde.«

»Richtig, aber ich wüsste gern noch mehr.«

»Ich erwarte nicht, dass Sie mich verstehen, denn das können wohl nur Menschen, die dasselbe durchgemacht haben wie ich. Warum wollen Sie noch weitere Details über meine Rache erfahren?«

Das wusste Kretzer selbst nicht so genau. Sie hatten ja bereits ein umfassendes Geständnis. Der Laborbericht würde den Einsatz von Thallium als Gift bestätigen. Aber für den Hauptkommissar war ein Fall erst abgeschlossen, wenn er die ganze Geschichte kannte. Er meinte, das sei er jedem Täter schuldig.

»Weil ich Sie vielleicht anschließend besser verstehen kann.«

»Wissen Sie, zum ersten Mal in meinem Leben war ich Täter und nicht Opfer. Ich träumte nicht nur, sondern handelte. Dadurch fühlte ich mich befreit, konnte mich selbst achten. Dieses Gefühl musste ich auskosten.«

Die beiden Männer schauten sich tief in die Augen. Kretzer unterdrückte den Impuls, Florian Herz zu sagen, dass er seine Rachegelüste nachvollziehen konnte.

»Als Torben Müntering erkrankte, ihm die Haare ausfielen, war er der Einzige der vier, der mich damit in Zusammenhang brachte. Er war wohl der Klügste und auch der Fitteste. Schon gequält von den Folgen der Vergiftung, rief er mich an und fragte direkt, ob ich ihn vergiftet hätte. Ich bejahte das und erklärte auch, dass sein Tod nicht aufzuhalten sei. Damit riskierte ich zwar, dass er die Polizei informierte, doch das war mir egal. Dann hörte ich von Torben den Satz, auf den ich so lange gewartet hatte: ‚Es tut mir leid, was wir dir angetan haben.‘ Damit war das Gespräch beendet. Aus den Medien erfuhr ich bald, dass er sich von der Köhlbrand-Brücke gestürzt hatte. Mir blieb also nur noch Gregor Zeisig, um meine Rache auszukosten. Aus den sozialen Netzwerken wusste ich, dass seine Frau mit den Kindern nach Amerika geflogen war. Folglich war er allein zuhause. Dort suchte ich ihn auf, als es ihm schon sehr schlecht ging. Ich hatte gehofft, dass er zu stolz war, um sich in seiner elenden Verfassung einem Arzt vorzustellen. Er wollte den Ernst seiner Lage einfach nicht erkennen. Ich musste lange klingeln, damit er mir die Haustür öffnete. Gleich wollte er mich abwimmeln, aber ich sagte, dass ich der letzte Mensch sein würde, den er bis zu seinem Ableben sieht. Nun hatte Gregor Angst.«

Wieder zauberte die Erinnerung ein Lächeln auf Florian Herz’ Gesicht.

»Da er schon sehr geschwächt war, brachte ich ihn in sein Schlafzimmer. Die Telefonleitung kappte ich und versteckte sein Handy. Weglaufen konnte er ja nicht mehr. Gregor litt bestialisch, bettelte um einen Arzt, um Schmerzmittel, flehte um Gnade. Nun war er das Opfer und nicht ich. Irgendwann konnte ich seine Qualen nicht mehr mit ansehen, ließ ihn im Schlafzimmer zurück und wartete im Wohnzimmer auf die Ankunft der Polizei. Ich erkannte, dass Gregor nicht mehr lange zu leben hatte. Damit war mein Plan gelungen.«

»Sie haben also von Anfang an damit gerechnet, für Ihre Morde zur Rechenschaft gezogen zu werden?«

»Natürlich, und habe mich sogar gefragt, warum das so lange dauert.«

»Sie werden für eine sehr lange Zeit ins Gefängnis wandern«, stellte Kretzer nüchtern fest.

»Ja, und vermutlich wird auch meine anschließende Sicherheitsverwahrung angeordnet.«

»Die Vorstellung, den Rest Ihres Lebens in Gefangenschaft verbringen zu müssen, schreckt Sie nicht?«, fragte der Hauptkommissar ungläubig.

»Nein, denn nur meine Rache bescherte mir kurz das Gefühl von Freiheit. Vorher war ich der Gefangene meiner Vergangenheit. Das werde ich wohl auch ewig bleiben.«

Der Hauptkommissar schloss das Verhör ab und übergab den Täter zwei Polizisten. Auf dem Weg in sein Büro erinnerte er sich an einen Satz, dessen Ursprung er nicht kannte: »Nichts währt ewig, außer die Verletzungen in der Jugend.«

Eine tote Japanerin

Es war Sonnabend, 21 Uhr, und Kommissar Kretzer hockte gemütlich auf dem Sofa vor seinem Fernseher, als das Handy klingelte. Ein Blick auf das Display bestätigte die Vermutung, dass seine Dienststelle ihn brauchte. Beamte waren eben immer im Dienst, wenn auch vor der Zeit der Handys nicht immer erreichbar. Bisher hatte er nur ein Bier getrunken, durfte also noch Autofahren. Unwillig nahm er den Anruf entgegen.

»Tut mir leid, dass wir Sie stören müssen, Herr Hauptkommissar, aber wir haben eine Leiche. Können Sie sich das bitte ansehen?«

Kretzer stimmte zu, notierte sich die Adresse des Tatorts. Grundsätzlich bevorzugte er es, wenn ihn einer seiner direkten Mitarbeiter begleitete, denn vier Augen sahen mehr als zwei. Kim verbrachte vermutlich den Abend mit Freunden, während Juan wohl vor seinem Computer saß. Bevor er die Kommissarin aus einem fröhlichen Beisammensein riss, wollte er lieber Juan von der virtuellen in die reale Welt holen. Doch schon klingelte erneut sein Handy. Die Dienststelle hatte auch seine beiden Kollegen bereits informiert. Sie verabredeten sich vor dem Haus, in dem die Tat geschehen war.

Bald standen sie gemeinsam vor einem zweigeschossigen, rechteckigen Gebäude mit Flachdach, umgeben vor einer gepflegten Grünanlage. Dessen Wände erstrahlten in makellosem Weiß, obwohl die Sonne langsam unterging. Durch das einzige Fenster nach vorn war die Treppe zum ersten Obergeschoss zu sehen. Die gläserne Haustür stand offen. Ein Streifenpolizist achtete darauf, dass keine Unbefugten eintraten.

»Sieht aus wie eine Bunkeranlage«, bemerkte Juan.

»Das könnte der Bauhausstil sein«, antwortete Kim, stolz auf ihr architektonisches Wissen.

Ein Mitarbeiter der Spurensicherung trat heraus und sagte nur: »Erdgeschoss hinten auf der Terrasse.« Er hatte es offensichtlich eilig, nach Hause zu kommen.

Die Ermittler gingen in die Wohnung. Sie passierten auf dem Flur erst das Schlafzimmer, dann das Bad, die Küche und landeten im Wohnzimmer, dessen Front mit bodentiefen Glaselementen den Blick auf die Terrasse und den Garten freigab. Alle Räume waren sehr groß und überall huschten Mitarbeiter der Spurensicherung umher, nahmen Fingerabdrücke, suchten nach Hinweisen auf den Täter.

Die Tote drehte den Kriminalbeamten den Rücken zu, saß auf einem Gartenstuhl. Auf den hellen Fliesen zeigte sich eine Blutlache. Aus dem darüberliegenden Stockwerk waren leise Stimmen und Musik zu hören. Der Balkon dieser Wohnung überspannte einen Teil der Terrasse. Walter Stolle, der Gerichtsmediziner, dessen Aufgabe eher die Leichenschau war, kam auf Kretzer zu.

»Die Kollegin ist krank, darum musste ich ran«, erklärte er mürrisch.

Der Hauptkommissar lächelte den Freund verständnisvoll an.

»Augen auf bei der Berufswahl«, neckte Kim.

Dann trat sie vor die Tote, schaute auf das Opfer und sagte mitleidig: »So eine hübsche junge Frau und dann so ein blutiges Ende.«

»Es ging ganz schnell«, versuchte Walter Stolle sie zu trösten. »Ein sauberer Schnitt durch die Kehle mit einem sehr scharfen Messer.«

Nun betrachteten auch Kretzer und sein anderer Kollege die Tote, dankbar, dass die Spurensicherung zwei Strahler aufgestellt hatte.

»Sieht aus wie eine Asiatin«, stellte Juan nüchtern fest.

»Ist sie wohl auch«, bestätigte Kim. »An der Tür stand der

Name Akira Yamamoto. Das lässt auf eine Japanerin schließen.«

»Woher weißt du denn sowas?«, fragte Juan.

»Aus einem Sushi-Kurs kenne ich einen Herrn Yamamoto.«

»Meinst du, das ist ein Verwandter der Toten?«

»Das muss nicht sein. Der Name ist in Japan sehr verbreitet. Aber dass die Frau Japanerin ist, hättest du schon aus der Einrichtung des Wohnzimmers schließen können.«

»Deine Beobachtungsgabe ist einmalig, Kim«, lobte Kretzer. »Ist dir in der Kürze der Zeit noch etwas aufgefallen?«

»Ja, in einer Ecke des Wohnzimmers steht ein Schreibtisch, doch darauf waren weder ein PC noch ein Laptop zu entdecken.«

»Lasst uns das ansehen.«

Die drei gingen zu dem Schreibtisch, zogen sich Einweghandschuhe über, um keine Spuren zu hinterlassen. Juan kniete nieder und schaute unter den Schreibtisch.

»Hier ist eine Steckdosenleiste, an die nur die Schreibtischlampe angeschlossen ist. Wenigstens eine der Steckdosen sieht mehrfach gebraucht aus, so als wäre dort öfter der Laptop angeschlossen worden.«

Juan sah sich weiter um.

»Es gibt kein WLAN, kein Festnetztelefon und auch sonst nichts, was der moderne Mensch heute braucht. Das ist so ungewöhnlich, dass ich annehme, der Täter hat alles mitgenommen.«

»Sehr guter Ansatz, Juan«, lobte Kretzer.

Die Tote wurde abtransportiert, die Mitarbeiter von der Spurensicherung verabschiedeten sich.

»Moment«, stoppte Kretzer einen von ihnen. »Gibt es irgendwelche Einbruchsspuren?«

»Nein«, war die kurze Antwort.

Der Polizist, der vor der Haustür gestanden hatte, fragte, ob er auch gehen könne.

»Natürlich. Wir sind hier erstmal fertig. Bitte schauen Sie nach, ob alle Fenster verschlossen sind, und versiegeln Sie dann die Wohnung. Wer hat die Tote überhaupt entdeckt und den Mord gemeldet?«

»Das war der Mieter aus dem ersten Stock, ein Herr Volker Lesch.«

Im Treppenhaus fragte Kretzer: »Wer von euch beiden möchte an der Vernehmung des Zeugen teilnehmen?«

Kim Kaiser und Juan Montez sahen sich kurz an, dann erklärte sich, milde lächelnd, Kim bereit.

»Ich versuche dann mal zuhause etwas über die Tote herauszufinden«, verabschiedete sich Juan sichtlich erleichtert, da ihn Routinevernehmungen langweilten.

Die Kommissarin und Richard Kretzer schritten die Treppe hinauf.

»Da nur zwei Briefkästen vor der Haustür hängen und es nur zwei Klingeln gibt, gehe ich davon aus, dass nur zwei Parteien in diesem ansehnlichen Gebäude wohnen.«

»Wieder gut beobachtet, Kim«, lobte Kretzer.

»Die Zimmer und selbst das Bad sind auch echt riesig.«

Sie klingelten an der Wohnungstür des Zeugen. Der Eigentümer öffnete und die Kriminalbeamten stellten sich vor.

Volker Lesch bat sie herein und sagte: »Ich habe Sie schon erwartet. Es tut mir leid, aber wir haben Gäste. Auf dem Balkon wollte niemand mehr sitzen, als wir erfuhren, welch schreckliches Verbrechen unter uns geschehen war. Dort können wir uns unterhalten.«

Neugierig wurden die Ankömmlinge von den im Wohnzimmer anwesenden Menschen beäugt. Ihnen war anzusehen, dass sie schon einiges an Alkohol konsumiert hatten. Mit einem freundlichen Nicken zu deren Begrüßung folgten Kim und Kretzer dem Gastgeber auf den Balkon. Dieser schloss zuerst die gläserne Tür.

»Entschuldigen Sie, aber ein Mord direkt in der Umgebung verlangt geradezu nach starken Drinks. Aber weil ich schon vermutete, dass mich die Polizei befragen würde, hielt ich mich zurück.«

»Sehr vernünftig, Herr Lesch«, begann der Hauptkommissar mit der Vernehmung. »Sie haben also die Tote entdeckt. Schildern Sie uns bitte den genauen Ablauf.«

»Wir hatten schon etwas gegessen und ich ging auf den Balkon, um eine Zigarette zu rauchen. Als ich über die Brüstung nach unten schaute, sah ich auf den Fliesen eine rote flüssige Lache. Die konnte ich mir nicht erklären, denn Akira ist sehr reinlich. Also rief ich ihren Namen, um zu fragen, was es mit diesem Fleck auf sich hat. Das wiederholte ich mehrmals immer lauter, bekam aber keine Antwort.«

Der Mann war sichtlich aufgeregt.

»Unsere Gäste kamen dann auch heraus und fragten, warum ich so herumbrülle. Ich zeigte auf die rote Lache. Eine umgefallene Flasche Rotwein wurde als Ursache vermutet. Doch mich beunruhigte, dass Akira sich nicht meldete.«

»Wussten Sie denn, dass sie zuhause war?«

»Ja. Ich holte unsere Gäste mit dem Auto ab, da klar war, dass wir Alkohol trinken würden und sie anschließend besser ein Taxi nehmen. Nachlässigerweise hatte ich Akira noch nicht davon in Kenntnis gesetzt, dass wir am Abend Gäste haben würden und es etwas lauter werden könnte. Als ich sie zufällig bei unserer Ankunft traf, holte ich das nach und bat sie, uns Gesellschaft zu leisten, falls wir zu viel Lärm machten. Sie bedankte sich für das Angebot, zog es jedoch vor, noch etwas an ihrem Laptop zu arbeiten. Akira ist sehr fleißig und geht auch nicht oft aus. Außerdem hatte sie bei unserem Treffen vor der Haustür erzählt, dass sie gerade von einem Sushi-Essen mit einer Freundin zurückkehrte. Also musste sie doch zuhause sein.«

Frau Lesch trat zu ihrem Mann, reichte ihm ein Glas Whisky und verschwand wortlos wieder. Der Zeuge zündete sich eine Zigarette an.

»Dann haben Sie also die Polizei gerufen.«

»Nein, ich wollte mich doch nicht wegen einer umgekippten Flasche Rotwein lächerlich machen. Doch eine unerklärliche Unruhe zwang mich hinunterzugehen. Schon vor einigen Jahren haben wir unsere Wohnungsschlüssel ausgetauscht und kannten auch gegenseitig die Codes, um unsere Türen zu öffnen. Das ist doch unter guten Nachbarn üblich.«

»Richtig, und Sie gingen also hinunter.«

»Ja, ich betrat die Wohnung, sah Akira auf der Terrasse sitzen und ging zu ihr.«

Volker Lesch wurde blass und trank einen Schluck Whisky.

»Den Anblick werde ich nie vergessen. Von hinten sah alles ganz normal aus. Akiras lange blauschwarze Haare glänzten im späten Licht. Doch diese rote Lache schien von ihr hinabgeflossen zu sein. Und sie trinkt überhaupt keinen Rotwein. Sie lehnt Alkohol ab. Leise rief ich ihren Namen. Dann ging ich hin …«

Der Zeuge musste seine Tränen unterdrücken, zitterte leicht.

»Gut, das reicht fürs Erste«, versuchte Kretzer den Mann aus den Qualen seiner Erinnerung zu lösen. »Zu welcher Uhrzeit entdeckten sie zum ersten Mal die Blutlache?«

»Das muss kurz nach acht gewesen sein. Ich habe aber nicht auf die Uhr geschaut. Zuerst war ich bei Akiras Anblick wie erstarrt, rannte dann aber bald in unsere Wohnung und rief die Polizei an.«

»Haben Sie zwischen dem Eintreffen mit Ihren Gästen und der Entdeckung der Blutlache noch mal Ihre Wohnung verlassen?«

»Aber nein, meine Frau hatte ja schon das Essen und die Getränke auf den Tisch gestellt. Es ist nicht gesund, zu spät abends zu essen, hat mir Akira beigebracht.«

Bei diesen Worten trat Frau Lesch zu der Gruppe und warf ihrem Mann einen strengen Blick zu.

»Danke für Ihre Mitarbeit. Wenn wir noch Fragen haben, melden wir uns«, verabschiedeten sich die Ermittler.

Vor dem Haus fragte Kretzer: »Na, Kim, was hast du für einen Eindruck?«

»Das war eine muntere Gesellschaft, von denen wohl einige sich darüber gefreut haben, dass eine normale Einladung durch einen Mord aufgepeppt wurde. Ein prächtiger Vorwand, um sich einen hinter die Binde zu gießen. Einer der Gäste war schon auf dem Sofa eingenickt.«

»Wie schätzt du den Zeugen Volker Lesch ein?«

»Ein recht ansprechend aussehender Mann von Anfang dreißig, vermutlich gut verdienend und erfolgreich.«

»Und seine Frau?«

»Grundsätzlich passt sie zu ihm, aber ich denke, sie hat einen Hang zur Eifersucht. Allein die Erwähnung ihres Mannes, er habe einen Ratschlag von der Toten angenommen, verhärtete ihre Gesichtszüge. Vielleicht hatte Volker Lesch mal eine Affäre mit Akira Yamamoto. Deren Tod hat ihn jedenfalls sehr berührt.«

»Gut, machen wir Schluss für heute. Auch wenn morgen Sonntag ist, müssen wir dranbleiben. Ich hoffe, du hast dir nichts vorgenommen.«

»Doch, aber ich kenne das ja schon. Wir Beamten sind immer und überall im Dienst.« Kim lächelte müde.

Am nächsten Morgen fuhr der Hauptkommissar zuerst noch mal zu dem Haus, in dem der Mord geschehen war. Als er und seine beiden Mitarbeiter am Tatort gestern erschienen waren, hatte ihr Geist den Feierabendmodus noch nicht ganz abgeschüttelt. Also wollte er nun das Umfeld auf sich wirken lassen. Und tatsächlich war ihm gestern nicht aufgefallen, dass dort zwei identische Häuser nebeneinanderstanden. Juan hatte Recht gehabt, als er sagte, die Anlage sehe aus wie ein Bunker. Auch wenn sie nicht unmittelbar aneinandergrenzten, sondern ein Grünstreifen beide trennte, schienen die Grundstücke zusammenzugehören. In einigem Abstand schützte sie recht und links eine hohe Mauer.

Links neben dem Haus, in dem die Tote gelebt hatte, führte ein Rasenstreifen mit ordentlich in der Reihe stehenden Bäumen zum Ende der Grundstücke, wo Kretzer erkennen konnte, dass die Mauer auch den rückwärtigen Teil umschloss. Zusätzlich waren aber auch die Gärten durch eine separate, gleich hohe Mauer geschützt. Neben dem rechten Haus führte ein gepflasterter Weg parallel zur Mauer nach hinten. Wer hier wohnte, wollte sich wohl unbedingt sicher fühlen.

Auf der großzügigen Parkfläche vor den Häusern stand nur das Auto der Toten. Vier Kameras überwachten die Fläche. Er vermutete, dass nicht nur das eine Fenster nach vorn von Jalousien verschlossen war. Dieses war tatsächlich ein Bunker in einer ansonsten von gepflegten Villen dominierten Gegend. Was für Menschen wollten in so einem Hochsicherheitskasten leben und wie war der Mörder hineingelangt? Ein Aufkleber an der Haustür klärte auf, welches Sicherheitsunternehmen die Anlage betreute. Kretzer fotografierte ihn. Vielleicht halfen die Videoaufnahmen bei der Aufklärung des Mordes.

Als er sich gerade auf den Weg ins Büro machen wollte, fuhr eine Polizeistreife vor. Auf dem gepflasterten Weg entlang des rechten Teils der Mauer eilte ein Mann herbei. Die Polizisten stiegen aus und der wie ein Gärtner gekleidete Mann redete gleich auf sie ein. Er sah aus wie ein Asiate. Kretzer ging zu den Polizisten und wies sich als Kriminalbeamter aus, während der Asiate nicht aufhörte, laut und aufgeregt zu reden, wobei er deutsche und unverständliche Worte durcheinanderrief.

Ein Polizist versuchte den Mann zu beruhigen, doch der griff nach dessen Ärmel und zog ihn mit sich. Unwirsch befreite sich der Polizist, gab jedoch dem Drängen nach und folgte ihm den gepflasterten Weg entlang. Von dort führte ein Gittertor durch die Mauer in den rechten Garten. Entrüstet deutete der Gärtner auf dessen Schloss, das offensichtlich geknackt worden war. Dabei redete er kaum verständlich immer weiter.

Bevor die beiden Polizisten das aufgebrochene Schloss näher in Augenschein nehmen konnten, forderte Kretzer sie auf, dieses zu unterlassen, und machte dem Gärtner mit Gesten klar, dass er nichts anzufassen sollte. Dann rief er die Spurensicherung an.

Der erstaunt verwirrte Blick der Polizisten verlangte nach einer Erklärung.

»Im hinteren Garten ist ein Mord geschehen.«

Den einen Mann bat er, an der Straße auf die Kollegen zu warten, während der andere die Personalien des Gärtners aufnehmen sollte. Vorsichtig öffnete der Hauptkommissar mit einem unbenutzten Papiertaschentuch das aufgebrochene Gittertor und trat in den gepflegten Garten des rechten Hauses. Dort waren alle Fenster und die Terrassentür durch Jalousien verschlossen.

Den Weg in den Garten der Toten versperrte wieder eine Mauer mit einem Tor, das ebenfalls aufgebrochen worden war. Ohne eventuelle Spuren zu verwischen, öffnete Kretzer auch dieses und stand neben einer dichten Hecke. Deswegen hatten die Ermittler diesen Eingang von der Terrasse aus nicht bemerkt. Seit dem gestrigen Abend hatte sich dort nichts verändert. Also kehrte er zu den anderen zurück und erwartete die Spurensicherung.

Im Büro angekommen, fand er Kim und Juan in ihre Arbeit am Computer vertieft. Er schnappte sich eine Tasse Kaffee und berichtete: »Ich war noch mal am Tatort. Der Mörder hat sich vermutlich durch den Garten Zutritt verschafft. Der Gärtner hat entdeckt, dass das Tor des Nachbarhauses aufgebrochen wurde. Dasselbe gilt auch für das Tor, das in den Garten der Toten führt. Die Kollegen sichern eventuelle Spuren. Und was habt ihr schon herausgefunden?«

Kim begann: »Laut Grundbuchamt gehören beide Häuser einer japanischen Aktiengesellschaft. Grundschulden lasten nicht darauf. Gerade versuche ich herauszufinden, was es mit dieser AG auf sich hat.«

Juan grinste selbstgefällig und offenbarte die Ergebnisse seiner bisherigen Ermittlungen.

»Also, die Tote heißt, wie wir schon wissen, Akira Yamamoto, ist sechsundzwanzig Jahre alt und arbeitet als Dolmetscherin und Übersetzerin für einen bedeutenden japanischen Autokonzern. Sie wurde bereits in Deutschland geboren und besitzt mittlerweile die deutsche und die japanische Staatsbürgerschaft. Ihre Eltern heißen Takara und Isamu Yamamoto, leben seit vielen Jahren getrennt. Der Vater kehrte schon in seine Heimat zurück, als seine Tochter erst zwei Jahre alt war.«

Kretzer nickte anerkennend.

»Ich dachte mir schon, dass die Tote sehr jung gewesen sein muss, aber das können wir Europäer bei Asiaten schwer einschätzen«, mischte Kim sich ein.

»Und diese Akira war nicht nur jung, sondern sah auch sehr gut aus. Die Fotos von ihr in den sozialen Netzwerken sind ein wahrer Augenschmaus«, schwärmte Juan. »Außerdem war sie noch superschlau. Sie hat sowohl in der Grundschule als auch auf dem Gymnasium jeweils eine Klasse übersprungen, war sechzehn Jahre alt, als sie ein Einser-Abitur ablegte. Neben Deutsch und Japanisch beherrschte sie auch Englisch und Französisch perfekt. Und sie trägt sogar den schwarzen Gürtel in Karate. Das muss eine tolle Frau gewesen sein und auch wehrhaft. Der Täter kann sie nur überrascht haben.«

Kurz herrschte beeindrucktes und nachdenkliches Schweigen.

»Eine so tolle Frau muss doch den Männern gefallen haben«, stellte Kim fest. »Hatte sie denn keinen Freund, Lebensgefährten oder Liebhaber?«

»Darüber konnte ich bisher in den sozialen Netzwerken nichts finden«, gestand Juan. »Zwar tauschte sie gelegentlich Nachrichten mit Arbeits- und Sportkollegen aus, aber diese beschränkten sich auf fachliche Themen oder Verabredungen. Überhaupt hielt sie ihre kurzen Texte immer sehr sachlich.«

»Warum bringt jemand so eine junge Frau um?«, fragte Kretzer. »Kim, hast du schon etwas über ihre finanzielle Lage herausgefunden? Und wenn sie Vermögen hat, wer erbt das?«

»Ich werde mich darum kümmern.«

»Die Mutter kommt als Erbin jedenfalls nicht in Frage«, erklärte Juan. »Sie ist vor acht Jahren bei einem Verkehrsunfall ums Leben gekommen.«

»Und was ist mit dem Vater?«, wollte Kretzer wissen.

»Was Isamu Yamamoto angeht, bin ich letzte Nacht auf etwas Interessantes gestoßen. Der Mann wird verdächtigt, zur japanischen Mafia, der Yakuza, zu gehören. Nachweisen konnte man ihm aber bisher nichts Kriminelles. Die Tote scheint zu ihm keinen Kontakt mehr gehabt zu haben. Sie ist auch seit sechs Jahren nicht mehr nach Japan gereist. Aber das will nichts heißen. Die Mafia verfügt über eigene Kanäle, um in Verbindung zu bleiben. Mal sehen, was ich noch herausfinde.«

»Juan, ich weiß, dass dich organisierte Kriminalität fesselt, aber wir sollten uns erstmal auf eine einfache Mordermittlung beschränken«, bremste der Hauptkommissar den Enthusiasmus seines Kollegen. »Finde mal heraus, ob der Vater in letzter Zeit in Deutschland war.«

Zwar wusste er, dass Juan sich nicht von weiteren Ermittlungen in diese Richtung abhalten ließ und diese unter Umständen sogar hilfreich für die Aufklärung des Mordfalls sein konnten, aber er hatte immer mehr den Verdacht, dass sein Mitarbeiter dabei Wege beschritt, die nicht legal waren.

»Ich mache mich auf in die Gerichtsmedizin, auch wenn ich fürchte, dass die Todesursache unstrittig ist.«

Der Gerichtsmediziner, Walter Stolle, begrüßte seinen Freund wie immer herzlich und mit einer frischen Tasse Kaffee.

»Du ahnst wohl schon, dass sich an meiner ersten Einschätzung nichts geändert hat. Ein sauberer Schnitt mit einem sehr scharfen Messer von links nach rechts ausgeführt, ist die Todesursache. Daraus können wir die Tat eines Rechtshänders schließen oder eines trickreichen Linkshänders«, fasste der Mann sein Ergebnis zusammen. »Der Mageninhalt der Toten beweist, dass sie nachmittags noch Sushi gegessen hat. Das brachte mich auf die Idee, dass die Tatwaffe ein Sushi-Messer gewesen sein könnte.«

»Eine brillante Idee, Walter. Ich werde die Spurensicherung fragen, ob sich solches Besteck in der Wohnung befand und ob etwas fehlt.«

Diese Vorhaben setzte der Hauptkommissar gleich in die Tat um, musste aber erfahren, dass nichts gefunden worden war, was im Zusammenhang mit der Zubereitung von Sushi stand. Fingerabdrücke konnten bisher nur der Toten und ihrem Nachbarn Volker Lesch zugeordnet werden. Die Ergebnisse von der Untersuchung der aufgebrochenen Tore lagen noch nicht vor.

Wie im Büro fragte Kretzer: »Hat schon jemand herausgefunden, mit wem Akira Yamamoto nachmittags essen war?«

»Ja«, freute sich Juan. »Sie hatte sich über WhatsApp mit einer Tamara Iwanow, einer Halbrussin, verabredet.«

»Sehr gut, Juan. Wo finden wir diese Frau?«

»Sie arbeitet bei einer Reederei im Hafen und trainiert ebenfalls Karate.«

»Adresse und Telefonnummer der Reederei?«

»Sofort.«

Zur Befragung der Zeugin begleitete Kim ihren Chef in die Reederei. Tamara Iwanow war dort Abteilungsleiterin und empfing die Kriminalbeamten in ihrem Büro mit Blick auf den Hafen.

»Bitte setzen Sie sich«, war ihre freundliche Begrüßung. »Darf ich Ihnen einen Kaffee anbieten?«

Der Hauptkommissar nahm das Angebot gern an. Schon wenig später hatte eine Angestellte diesen serviert.

Die Frau wirkte sehr gelassen und wartete, bis die Angestellte den Raum wieder verlassen hatte.

»Also, was kann ich für Sie tun?«

»Kennen Sie eine Akira Yamamoto?«, begann Kretzer die Befragung.

Die Frau lächelte und antwortete: »Ja, das ist eine Freundin von mir.« Dann wurde sie ernst. »Doch was hat Akira mit der Polizei zu tun?«

»Wir müssen Ihnen leider mitteilen, dass Akira Yamamoto einem Gewaltverbrechen zum Opfer gefallen ist.«

Tamara Iwanow starrte die Gäste fassungslos an. »Das kann ich nicht glauben. Akira ist eine hervorragende Karatekämpferin, die sich bestimmt gegen jeden Angreifer verteidigen kann. Wollte jemand sie vergewaltigen?«

»Nein, ein Sexualverbrechen können wir ausschließen, müssen aber darüber, wie sie zu Tode kam, schweigen«, erklärte der Hauptkommissar.

»Akira ist wirklich tot?«, stammelte die Frau und machte den Eindruck, als würde sie diese Nachricht noch nicht begreifen.

»Ist es richtig, dass Sie Frau Yamamoto gestern trafen?«, übernahm Kim das Gespräch.

»Ja, meine Freundin hatte mich zum Essen eingeladen.«

»In welchem Lokal speisten Sie beide? Oder war noch jemand anders dabei?«

»Nein, wir beide waren allein. Akira löste ihr Geschenk zu meinem Geburtstag ein. Dafür hatte sie das ‚Okinawa‘ ausgewählt, Hamburgs bekanntestes Restaurant für exquisite Sushi-Gerichte. Sie wollte mich unbedingt für diese Art des Essens begeistern, was ihr auch gelang. Ich hätte nie gedacht, dass japanische Küche so gut schmecken kann.« Die Erinnerung zauberte ein Lächeln auf das Gesicht der Frau.

Kim nickte anerkennend. »Ja, dieses Restaurant ist sehr teuer und genießt über die Grenzen Hamburgs einen sehr guten Ruf.«

»Da haben Sie Recht. Es ist auch meistens auf Monate hin zur Mittagszeit und abends ausgebucht. Da die Küche aber durchgehend geöffnet hat, ergatterte Akira noch einen Tisch um 15 Uhr. Das Essen war köstlich.«

»Wie lange verweilten Sie beide in dem Restaurant?«

»Wir haben uns viel Zeit gelassen. Ich glaube, wir gingen erst so gegen 18 Uhr.«

Kretzer schaute kurz in seine handschriftlichen Notizen und erkannte, dass diese Aussage mit der von Volker Lesch übereinstimmte, der um 19 Uhr das Haus mit seinen Gästen erreichte und dabei Akira Yamamoto traf.

»Was machten Sie dann?«, fuhr Kim fort.

»Ich traf mich mit meinem Freund in einer Strandbar an der Elbe und Akira wollte zuhause noch etwas aufarbeiten. Ihr Fleiß war manchmal geradezu unheimlich. Die Japaner scheinen ihre Arbeit und ihre Pflichten sehr ernst zu nehmen.«

»Hatte Ihre Freundin eine Partnerschaft mit einem Mann oder einer Frau?«

»Erlauben Sie mal, Akira war doch keine Lesbe. Aber mit den Männern tat sie sich auch schwer beziehungsweise diese sich mit ihr.«

»Wie meinen Sie das?«

»Na ja, die Kerle sahen erstmal eine junge, sehr attraktive Asiatin. Doch dann bemerkten sie schnell, wie klug und erfolgreich das Objekt ihrer Begierde war. Das kratzte erheblich an deren Selbstwertgefühl. Wenn sie dann noch erfuhren, dass Akira den schwarzen Gürtel in Karate hatte, suchten sie ihr Heil in der Flucht. Kurz hatte Akira mal eine Affäre mit unserem Karatelehrer. Doch der litt dann wohl darunter, dass sie sehr viel mehr Geld verdiente als er.«

Dann lächelte die Befragte und fuhr fort: »Einst erzählte sie mir, dass der Mann, der bei ihr mit im Haus wohnt, sich ihr gegenüber außergewöhnlich freundlich benahm. Ich glaube, er heißt Volker Lesch. Er schenkte Akira Blumen und sogar Champagner, den sie gar nicht mochte, doch die Höflichkeit verbot ihr, die Geschenke abzulehnen. Sein Benehmen ihr gegenüber schwankte zwischen direktem Werben und Schüchternheit, was Akira amüsierte. Doch der Mann ist verheiratet und seine Frau schöpfte Verdacht. Also zog er sich zurück und beließ es fortan bei schmachtenden Blicken. Aber Akira hätte sich ihm sowieso verweigert, denn eine Affäre mit einem verheirateten Mann ließ ihr Ehrgefühl nicht zu.«

»Also war Akira Yamamoto gerade solo«, stellte Kim nüchtern fest. »Was können Sie uns über ihre Angehörigen sagen? Wir wissen bisher nicht, wen wir von ihrem Tod unterrichten sollen.«

Nun kullerten einige Tränen über Tamara Iwanows Wagen, aber sie fing sich schnell wieder.

»Ihre Mutter ist auch tot, starb bei einem Autounfall. Geschwister hat sie keine und von ihrem Vater wollte sie nichts mehr wissen.«

»Kennen Sie den Grund, warum es zum Zerwürfnis zwischen Vater und Tochter kam?«

»Über diesen Mann sprach Akira nie. Nur einmal sagte sie, ihr Vater sei ein Verbrecher.«

»Wissen Sie, warum ihre Freundin nicht mehr in ihre Heimat Japan reiste?«

»Nein, wir lernten uns erst vor drei Jahren beim Karate kennen. Als ich sie fragte, antwortete sie nur, sie habe mit ihrer Vergangenheit abgeschlossen und wolle einfach nur Deutsche sein.«

»Was können Sie uns sonst noch über die Tote sagen?«, führte der Hauptkommissar die Vernehmung zum Ende.

Die Augen von Tamara Iwanow füllten sich wieder mit Tränen.

»Akira war der wundervollste Mensch, den ich je kennenlernte. Sie war zuverlässig, verschwiegen, fleißig, stets freundlich und rücksichtsvoll. Nicht ein Mal kam ein böses Wort über ihre Lippen. Ich muss zugeben, dass diese stets positive Haltung mir gelegentlich auf die Nerven ging. Allerdings schätzten Leute, die sie nicht so gut kannten wie ich, Akira oft als kühl ein, weil sie so zurückhaltend war.«

»Danke für Ihre Hilfe.« Kretzer drängte zum Aufbruch. »Wenn wir noch Fragen haben, melden wir uns bei Ihnen.«

»Und wenn Ihnen noch etwas Außergewöhnliches einfällt, selbst wenn es Ihnen noch so belanglos erscheint, scheuen Sie nicht, mich anzurufen«, ergänzte Kim und überreichte ihre Visitenkarte.

Dann verabschiedeten sich die Kriminalbeamten.

Wieder im Büro empfing Juan seine Kollegen gleich mit der neuesten Nachricht.

»Ihr werdet es nicht glauben, aber der Vater unserer Toten, Isamu Yamamoto, war bis heute Morgen in Deutschland, ist nun aber bereits auf dem Rückflug nach Tokio. Er kam vor drei Tagen in Frankfurt an, um dort einen geschäftlichen Termin für einen multinationalen Konzern wahrzunehmen, der auch Anteile an dem Autokonzern besitzt, für den die Tote arbeitete.«

»Hat der Mann in dieser Zeit auch einen Flug nach Hamburg gebucht?«, fragte Kim.

»Nein, aber diese Entfernung hätte er auch bequem mit dem Auto oder dem Zug zurücklegen können.«

»Willst du damit etwa andeuten, er hätte Zeit gehabt, seine Tochter zu besuchen und umzubringen? Pfui, Juan! Der Mann ist doch Akira Yamamotos Vater«, lehnte die Kommissarin allein den Gedanken empört ab.

»Träumerin«, antwortete ihr Kollege, etwas beleidigt, weil seine Ermittlungen nicht angemessen gewürdigt wurden. »Es gibt eindeutig Verbindungen zwischen Isamu Yamamoto und der japanischen Mafia. In diesen Organisationen herrschen grausame Rituale wie das Abschneiden von Fingern und der Zwang zum berühmten Harakiri. Da ist doch so ein Mord nichts Besonderes und der Mann muss ihn nicht selbst ausgeführt haben. Dafür hat die Mafia sicher ihre Leute. Aber vielleicht musste der Mann durch das Töten seiner Tochter beweisen, wie treu er der Mafia ergeben ist. Auf jeden Fall lieben Japaner die Verwendung von Messern und damit beweist sich die Verbindung zu unserem Fall.« Juan Montez grinste selbstzufrieden.

»Nun geht deine Phantasie mit dir durch«, ermahnte Kretzer seinen Kollegen. »Ich gebe zu, dass wir noch keine Motive für den Mord an der jungen Frau gefunden haben, doch das Delikt als Ehrenmord zu sehen, halte ich doch für etwas abwegig.«

»Diese Japaner ticken eben anders als wir«, verteidigte sich Juan. »Ich brauche nur etwas Zeit, um das Mordmotiv zu ermitteln.«

Der Hauptkommissar wechselte das Thema. »Liegt von der Staatsanwaltschaft schon die Genehmigung vor, die Finanzen von Akira Yamamoto zu überprüfen?«

Juan Montez zuckte die Achseln.

Kim ging zum Faxgerät und verkündete strahlend: »Liegt vor, aber bei der Bank werden wir schwerlich jemanden erreichen. Mittagspause. Juan, möchtest du denn nicht wissen, was wir von der Freundin der Toten erfahren haben?«

»Vermutlich nichts, was uns weiterhilft. Glaubt mir, ich bin auf der richtigen Spur.«

»Vielleicht sollten auch wir uns eine Pause gönnen«, schlug Richard Kretzer vor. »Lasst uns zum Italiener gehen, aber kein Wort über unseren Fall.«

Um Juans Gedanken von seinen Mafiatheorien abzulenken, bestand der Hauptkommissar darauf, dass dieser ihn zur Bank begleitete. Dort erfuhren sie, dass Akira Yamamoto ein mehr als beachtliches Gehalt bezog. Sie zahlte nur eine geringe Miete für ihre große Wohnung und verfügte über ein in Fonds angelegtes ansehnliches Vermögen. Schulden hatte sie nach Wissen der Bank keine.

Kaum hatten die Kriminalbeamten die Filiale verlassen und waren in der Abgeschlossenheit ihres Autos angekommen, legte Juan los: »Da stimmt doch was nicht. Keine so junge Dolmetscherin bekommt ein so hohes Gehalt und dann auch noch eine vergünstigte Wohnung. Vermutlich hat auch die Tote für die Mafia gearbeitet.«

»Nur kein Neid, mein Lieber. Es besteht doch die Möglichkeit, dass Akira Yamamoto nicht nur als Übersetzerin für das Unternehmen tätig war. Sie galt als herausragend intelligent. Und sie war vertraut mit der japanischen Mentalität. Sowas ist oft hilfreich bei der Anbahnung von Geschäften.«

»Ja, ja, oder sie hatte ein Verhältnis mit einem der Direktoren.«

»Ich denke, wir sollten ihre Arbeitsstelle aufsuchen.«
Obwohl Juan solche Routinevernehmungen hasste, war er
begeistert von dieser Idee. Sie begaben sich also in die Höhle
des Löwen.

In der Zentrale des Autokonzerns wurden die Ermittler zur
Enttäuschung von Juan, der einen japanischen Mafioso erwartet hatte, von einem Deutschen empfangen. Dieser war
mehr als erstaunt über den Besuch, doch als sich die Beamten
auswiesen, nahm er sich die Zeit für ein Gespräch.
»Mein Name ist Sebastian von Armstett. Folgen Sie mir bitte
in unseren Konferenzraum.«
Dessen Einrichtung zeugte davon, dass es dem Unternehmen
sehr gut gehen musste. Eine ebenfalls nicht japanisch aussehende, attraktive junge Frau servierte den Gästen Kaffee und
Gebäck und verschwand wortlos. Nichts deutete darauf hin,
dass die Wiege des Unternehmens im Ausland stand.
»Es geht um Ihre Angestellte Akira Yamamoto«, begann der
Hauptkommissar.
»Da muss ich Sie enttäuschen, aber Frau Yamamoto nimmt
einen Außentermin wahr.«
»Muss denn eine Übersetzerin nicht zu den gängigen Ge-
schäftszeiten des Unternehmens anwesend sein?«, hakte Kretzer
nach.
»Grundsätzlich schon«, bestätigte der Mann, der sich als lei-
tender Direktor vorgestellt hatte. »Aber bei Frau Yamamoto
machen wir Ausnahmen. Sie arbeitet oft von zuhause aus. Wegen der Zeitverschiebungen ist das sinnvoll, denn sie fungiert
nicht nur als Übersetzerin, sondern pflegt auch die Kontakte
zu ausländischen Geschäftspartnern. Das beschränkt sich nicht
nur auf Japan, sondern umfasst auch das englischsprachige
Ausland und die Franzosen. Gerade beginnt sie auch Russisch
zu lernen, weil wir demnächst den russischen Markt erobern

wollen. Wer die Sprache seiner Geschäftspartner beherrscht, ist bei dem Knüpfen neuer Kontakte sehr viel erfolgreicher. Auf diesem Sektor ist Frau Yamamoto ein Genie, weil sie nicht nur die Sprachen beherrscht, sondern sich auch in die Mentalität der verschiedenen Menschen hineinversetzen kann. Doch einen Direktorenposten lehnt sie bisher ab. Also können wir die Anerkennung ihrer Leistungen nur im Gehalt ausdrücken. Im Grunde ist sie auch noch zu jung, um die Verantwortung als leitende Angestellte zu übernehmen.«

»Wie war Ihr persönliches Verhältnis zu Frau Yamamoto?«, mischte sich Juan in süffisantem Unterton in die Vernehmung ein.

»Erlauben Sie mal. Ich bin verheiratet und habe drei Kinder«, antwortete Herr von Armstett empört. »Auch wenn Frau Yamamoto zugegebenermaßen eine sehr attraktive und liebenswerte Frau ist, setzt sie diese Eigenschaften nie in geschäftlichen Angelegenheiten zu ihrem Vorteil ein. Nun sagen Sie mir endlich, warum sie nach Frau Yamamoto fragen, sonst werde ich das Gespräch beenden.«

Kretzer übernahm wieder, nachdem er seinem Kollegen einen strengen Blick zugeworfen hatte. »Es tut uns leid, Ihnen mitteilen zu müssen, dass Akira Yamamoto tot ist.«

»Das ist ja entsetzlich«, sagte Sebastian von Armstett ehrlich betroffen. »Ist sie mit dem Auto verunglückt? Aber nein, dann würde ja nicht die Kriminalpolizei bei ihrem Arbeitgeber auftauchen. Was ist denn geschehen?«

»Frau Yamamoto fiel einem Gewaltverbrechen zum Opfer. Mehr dürfen wir zum gegenwärtigen Zeitpunkt nicht preisgeben.«

»Eine Vergewaltigung mit Todesfolge? Beherrschte sie nicht einen Kampfsport? Wurde sie etwa mit K.o.-Tropfen außer Gefecht gesetzt?«

Die Ermittler beantworteten die Fragen nicht, sondern bedankten sich für die Auskünfte und verabschiedeten sich. Sie ließen einen sichtlich fassungslosen Mann zurück.

»Na, Juan, nun hast du eine Erklärung für das großzügige Gehalt, was das Unternehmen an das Mordopfer zahlte.« Richard Kretzer lächelte, als er den Wagen startete. »Aber vielleicht ist es auch ein weiterer Beweis dafür, dass Akira Yamamoto für die japanische Mafia arbeitete. Sie konnte ganz legal und mit guter Tarnung deren internationale Geschäfte vorantreiben. Wir leben nicht mehr in Zeiten, wo sich die Aktivitäten dieser Organisationen auf eine Region oder ein Land beschränken. Vergewaltigt oder betäubt wurde die Tote vor ihrem Ableben nicht, oder?«

»Soweit wir bisher wissen, nicht.«

»Dann ist die Sache doch klar. Sie wusste zu viel, wurde zu einer Gefahr für die Yakuza, erpresste diese vielleicht sogar und wurde eliminiert. Akira Yamamoto war hochintelligent. Solche Leute dürfen nicht zu mächtig werden. Oder sie wurde zum Opfer eines Krieges zwischen konkurrierenden Mafiagruppen.«

Juan strömte seine Überzeugung, internationaler organisierter Kriminalität auf der Spur zu sein, aus allen Knopflöchern.

»Mein lieber Freund, bitte sei vorsichtig, so einen Verdacht öffentlich zu äußern«, riet Kretzer, beunruhigt über Juans Euphorie. »Du könntest schlafende Hunde wecken, auch wenn diese mit unserem Fall überhaupt nichts zu tun haben.«

»Ich soll also mein Maul halten, und die Kriminellen übernehmen langsam die Herrschaft in allen Industrienationen.«

»Ja, denn noch müssen wir davon ausgehen, dass wir es mit einem ganz normalen Mordfall zu tun haben. Behalte also deine Gedanken für dich. Das ist eine Dienstanweisung.«

Juan schwieg beleidigt und Kretzer ahnte, dass seine strengen Worte nichts bewirken würden. Er blickte auf seine Uhr und verkündete den Feierabend.

In seiner Wohnung bereitete sich der Hauptkommissar ein kleines Abendbrot zu und setzte sich dann mit einem Bier aufs Sofa. Juans Ehrgeiz, endlich bei den Großen mitzuspielen, die die internationale Kriminalität bekämpfen, verstörte Kretzer. Zwar hatte er Verständnis dafür, dass ein junger Mann, der sein Berufsleben noch vor sich hatte, nach Höherem strebte, doch in ihm wuchs der Verdacht, dass sich Juan bei der Verfolgung dieses Ziels nicht ganz legaler Mittel bediente. Sollte sich eines Tages dieser Verdacht bestätigen, wäre dessen Karriere bei der Polizei beendet. Doch Kretzer schätzte Juan als Mitarbeiter, auch wenn er gerade in höheren Sphären schwebte. Zusätzlich musste er zugeben, dass die Internetrecherchen seines Mitarbeiters in letzter Zeit sehr hilfreich gewesen waren. Trotzdem mussten sich alle Beamten an die geltenden Gesetze halten, ob es ihnen passte oder nicht.

Im Fall der Ermordung von Akira Yamamoto fühlte sich der Hauptkommissar wie in einer Sackgasse. Er konnte kein Motiv für die Ermordung dieser attraktiven, freundlichen, bescheidenen und erfolgreichen Frau erkennen. Dass der Nachbar sich hinunterschlich, während er Besuch hatte, um dem Objekt seiner Begierde die Gurgel durchzuschneiden, hielt Kretzer für unwahrscheinlich. Auch für die Trennung von einem Liebhaber, der sich aus verletztem Stolz rächte, gab es keine Anhaltspunkte. Konnte die Tat vielleicht doch mit der Mitgliedschaft des Vaters der Toten bei der japanischen Mafia zusammenhängen? Dann müsste die Abteilung für die Bekämpfung der organisierten Kriminalität eingeschaltet werden.

Der Hauptkommissar entschied sich, seine Gedanken durch das Fernsehprogramm zu zerstreuen. Gerade in seinem Job war es sehr wichtig abzuschalten, denn sonst würden ihn die grausamen Taten und deren Ursachen bis in den Schlaf verfolgen. Kretzer hatte mühsam gelernt, die zeitliche Trennung zwischen Beruf und Privatleben einzuhalten.

Für den nächsten Morgen hatte sich Kim Kaiser freigenommen, weil sie zur Routinekontrolle ihren Zahnarzt aufsuchen musste. Schon gegen neun Uhr konnte sie die Praxis ohne Befund verlassen. Als sie aus dem Ärztehaus kam, stieß sie beinahe mit einer Fußgängerin zusammen. Die beiden Frauen schauten sich an und lächelten.

»Wie schön, Sie zu sehen, Frau Kaiser«, begann die russische Freundin der Toten, denn beide kannten sich ja von der Befragung. »Ich dachte heute Morgen schon daran, sie anzurufen, weil mir noch etwas eingefallen ist, was mir merkwürdig vorkommt.«

»Dann kann unser Treffen kein Zufall sein«, stellte Kim fest.

»Ich hoffe, Sie haben etwas Zeit, denn mich plagt der Hunger, weil ich vor meinem Zahnarzttermin nicht gefrühstückt habe. Wollen wir uns dort ins Café setzen?«

»Das ist eine blendende Idee, denn ich habe Appetit auf einen Latte Macchiato«, stimmte Tamara Iwanow zu.

Zusammen machten sie sich auf den Weg, wobei Kim dachte, dass diese gertenschlanke Frau wohl nie etwas aß. So traute sie sich nur, ein mit Kräuterquark belegtes halbes Brötchen zu bestellen. Zusätzlich mit zwei Kaffee auf dem Tablett setzten sie sich an einen Tisch vor dem Fenster. Dann plauderten die beiden zuerst über das norddeutsche Wetter, dazu passende Kleidung und praktische Haarschnitte.

Als Kim das halbe Brötchen gegessen hatte, fragte sie vorsichtig: »Was ist Ihnen denn noch eingefallen?«

»Vermutlich ist es vollkommen unbedeutend und hilft bei den Ermittlungen überhaupt nicht weiter. Ich kann es immer noch nicht fassen, dass jemand Akira ermordet haben soll. Einen liebenswerteren Menschen als Akira habe ich nie kennengelernt.«

Das Unvermögen, den Tod ihrer Freundin zu begreifen, stand Tamara Iwanow deutlich ins Gesicht geschrieben.

»Wir sind auch fassungslos, deswegen hilft uns auch der kleinste Hinweis. Erzählen Sie mir bitte, was Ihnen merkwürdig vorkommt.«

»Wie Sie wissen, hat mich Akira in das Sushi-Restaurant ‚Okinawa‘ eingeladen, obwohl sie wusste, dass ich mir aus rohem Fisch nichts mache. Schon vorher schwärmte sie von dem dort beschäftigten herausragenden Sushi-Experten, der, wie sie, aus Japan stammt. Sie berichtete mir auch, dass sie schon vor Jahren bei einem Besuch ihres Vaters dessen Künste kennenlernte. Damals hatte sie zu ihrem Vater noch regelmäßig Kontakt. Warum sie dem Mann später ablehnend gegenüberstand, weiß ich nicht, aber es ist immer eine Tragödie, wenn eine Familie auseinanderbricht.«

»Da haben sie vollkommen Recht. Also hat ihr Vater sie damals zum Essen eingeladen.«

»Ja, aber er führte sie nicht in ein vornehmes Lokal aus, sondern leitete sie in eine verruchte Gegend, wo es einen kleinen, unscheinbaren Sushi-Imbiss gab. Ein Geheimtipp, wie ihr Vater sagte. Was den beiden dort vorgesetzt wurde, übertraf wohl bei weitem Akiras Erwartungen. Sie konnte gar nicht aufhören, die Fähigkeiten des Kochs zu loben. Bald sprachen sich dessen Fähigkeiten herum und der Mann stieg zu einer hochgeschätzten Sushi-Koryphäe auf. Sie beschrieb ihn als sehr bescheiden. Weder sein Name noch sein Aussehen sollten je publik werden.«

»Das ist ungewöhnlich«, kommentierte Kim. »Kannte denn niemand seinen Namen? Wurden keine Fotos von ihm veröffentlicht?«

»Akira sagte, dass niemand weiß, wie der Mann aussieht und wie er heißt. Er bestand stets darauf, dass er nur an seinen Kochkünsten gemessen wird und seine Person im Hintergrund bleibt. Trotzdem rissen sich namhafte Restaurants um ihn. Daraufhin begann die Presse den Unbekannten zu jagen und der Mann tauchte unter.«

»Verständlich, doch auch irgendwie mysteriös«, sagte Kim. »Aber natürlich gibt es Menschen, die wissen, wie der berühmte Sushi-Koch aussieht, und dazu gehörte Akira, die ihn zwar nur einmal gesehen hatte, doch über ein fotografisches Gedächtnis verfügte. Allerdings hätte sie ihr Wissen niemals preisgegeben, denn es widerspricht ihrem Ehrgefühl, den Wunsch nach Anonymität eines Menschen zu missachten.«

»Ich wünschte, die Deutschen würden auch so denken«, bemerkte Kim.

»Nun gibt also der Betreiber des ,Okinawa' damit an, dass genau dieses japanische Kochgenie dort die Gäste mit seiner Kunst beglückt. Doch er fordert streng, dass alle Handys zum Schutz seines Küchenchefs beim Betreten des Restaurants abzugeben sind.«

»Na ja, so eine Geheimniskrämerei hat auch einen Werbeeffekt.« Kim schmunzelte.

»Das Essen in dem Restaurant war köstlich, nur Akira schien enttäuscht, sagte aber nichts. Als sie sich nach dem Kellner umschaute, um noch einen Nachtisch zu bestellen, huschte gerade ein Japaner aus der Küche zu dem Besitzer des Restaurants, der uns den Rücken zudrehte, und sprach kurz mit diesem. Akira sah in die Richtung, ihre Blicke trafen sich und die Mienen beider erstarrten. Sie sah regelrecht erschrocken aus. Der Japaner verschwand sofort wieder in der Küche. Ich fragte sie, was sie so erschreckt hatte, doch Akira wiegelte ab. Ihr sei nur eingefallen, dass sie noch einige wichtige Arbeiten am Laptop zu erledigen habe.«

»Sie vermuten also, dass der Anblick des Japaners Ihre Freundin erschreckt hatte?«, fragte Kim aufgeregt interessiert.

»Keine Ahnung, aber Akiras Gesichtsausdruck geht mir nicht aus dem Sinn. Ich kannte sie als Mensch, der sich vor nichts fürchtete. Im Karateunterricht zeigte sie oft, wie gut sie sich verteidigen konnte. Außerdem war sie überhaupt nicht streitsüchtig. Warum sollte sie der Anblick eines Sushi-Kochs ängstigen?«

»Das kann ich auch nicht beantworten«, gab Kim Kaiser zu. »Aber ich werde der Angelegenheit nachgehen.«

»Aber bitte zerren Sie jetzt nicht diesen Koch in die Öffentlichkeit, denn das würde bedeuten, dass ich durch meine Aussage den Ehrencode von Akira beschmutze.«

»Ich verspreche Ihnen, dass wir daran denken.«

Die Frauen trennten sich, wobei Tamara Iwanow anzusehen war, dass sie schon bereute, von dem Erlebnis erzählt zu haben.

Als Kim das Büro erreichte, wirbelten ihre Gedanken schon eine ganze Zeit durcheinander. Sie musste diese Aussage möglichst wortwörtlich an ihre Kollegen weitergeben. Beide waren mit Arbeiten am Schreibtisch beschäftigt. Kim legte gleich los. Weder Juans Angebot, erst einen Kaffee zu trinken, noch das wegen der abrupten Unterbrechung mürrische Gesicht von Hauptkommissar Kretzer konnten ihren Redeschwall bremsen. Und als sie endete, ohne ihre Jacke abgelegt zu haben, schaute sie in zwei höchst interessierte Gesichter.

»Das ist der Hammer!«, sagte Juan. »Die Tote hat vermutlich ein Mitglied der Yakuza erkannt. Dieser hochgepriesene Sushi-Koch gehört also zur japanischen Mafia.«

»Aber Juan«, bremste Kretzer seinen Mitarbeiter, »wir haben doch gehört, dass Akira Yamamoto diesen Mann schon in seinem Imbiss gesehen hatte. Dann müsste sie ihn schon damals als Mafiamitglied erkannt haben und hätte bei seinem erneuten Anblick kaum erschrocken reagiert.«

»Aber wieso will ein Koch, dass niemand weiß, wer er ist und wie er aussieht? Das ist doch verdächtig.«

»Oder jemand hat einfach keine Lust, Opferlamm der Presse zu werden«, mischte sich Kim ein.

»Ich mach mich jetzt mal im Internet auf die Suche, ob ich

nicht doch etwas über diesen geheimnisvollen Mann finden kann«, verkündete Juan und begann sogleich damit.

»Das ist eine gute Idee. Währenddessen statten Kim und ich dem Restaurant einen Besuch ab. Da es auch Mittagstisch hat, werden wir dort bestimmt jemanden antreffen.«

Hauptkommissar Kretzer und Kim Kaiser standen vor der Eingangstür des »Okinawa« und schauten ungläubig auf einen Zettel, auf dem stand, dass wegen eines technischen Defekts vorübergehend geschlossen sei. Durch die Glasscheibe erkannten sie einen Mann in den Räumen, pochten gegen die Tür und hielten ihre Polizeiausweise hoch.

Der Mann ging zur Tür und öffnete diese. Es war der Betreiber des Restaurants, Noah Schwarz, der gleich lospöbelte: »Was wollen Sie denn noch? Sie ruinieren meine Existenz!«

»Entschuldigen Sie bitte die Störung«, versuchte Kretzer den Mann zu beschwichtigen und stellte sich vor. »Wir möchten gern mit ihrem Sushi-Koch sprechen.«

»Bei Ihnen weiß wohl eine Hand nicht, was die andere tut«, war die empörte Antwort. »Den haben Sie doch gerade vor einer halben Stunde abgeholt und ich muss das Restaurant schließen, bis ich einen Ersatz finde. Aber wer soll so ein Genie ersetzen? Diese bescheuerte Aktion bloß wegen der Überprüfung einer Arbeitserlaubnis kann mich in die Pleite treiben, aber das interessiert die Behörden ja nicht.«

»Das ist wirklich eine unentschuldbare Panne in der Absprache unter den Behörden. Wären sie bereit, uns einen Blick auf die Papiere des Kochs werfen zu lassen?«

»Das kann doch wohl nicht wahr sein«, entgegnete Noah Schwarz wütend. »Die Unterlagen haben Ihre Leute alle mitgenommen.«

»Das hätte ich mir denken können. Wie dumm von mir«, sagte Kretzer, selbst etwas verwirrt. »Unsere Kollegen haben sich doch bestimmt ausgewiesen. Welche Dienststelle hat Ihren Koch denn in Gewahrsam genommen? Die werde ich ordentlich auf den Pott setzen, weil wir nicht informiert wurden.«

»Keine Ahnung«, antwortete Noah Schwarz. »Aber es waren mit Sicherheit hohe Beamte, denn auf ihren Dienstausweisen war deutlich der Bundesadler zu sehen.«

Hauptkommissar Kretzer und Kim Kaiser sahen sich ernst an und verabschiedeten sich.

»Da stimmt was nicht«, begann die Kommissarin das Gespräch im Auto. »Die Dienstausweise der Hamburger Behörden tragen doch alle das Stadtwappen.«

»Richtig, Kim. Daraus kann ich nur schließen, dass das Bundeskriminalamt Interesse an dem Koch hat.«

»Aber wir ermitteln in einem Mordfall. Da dürfen uns die anderen Behörden doch nicht einfach übergehen.«

»Dieses Verhalten wundert mich auch. Wir werden der Ursache dafür schon auf die Schliche kommen. Lass uns erstmal über die Ereignisse schweigen und nur erzählen, dass der Koch nicht anwesend war. Mal sehen, ob Juan schon etwas herausgefunden hat.«

Als sie wieder im Büro eintrafen, fanden sie einen äußerst wütenden Juan vor.

»Das ist eine Unverschämtheit! Ohne die Mitarbeiter zu informieren wurde das Intranet der Polizei einfach wegen Wartungsarbeiten geschlossen. So ist es unmöglich, mit anderen Behörden zusammenzuarbeiten. Ich werde mich an höchster Stelle beschweren. Immerhin klären wir hier Kapitalverbrechen auf. Da zählt jede Sekunde.«

»Ja, und der Koch war auch nicht da, sodass wir ihn nicht verhören konnten«, erklärte Kim in einem möglichst gelangweilten Tonfall. »Ich koche uns erstmal einen leckeren Kaffee.«

Da schlenderte lässig Kriminalrat Justus Schwaiger in den Raum und verkündete: »Ich habe eine gute Nachricht für Sie. Gerade wurde mir mitgeteilt, dass den Fall der toten Japanerin das Bundeskriminalamt übernommen hat. Die Angelegenheit hat sich also für uns erledigt.«

Der Mann hatte wohl freudigen Jubel erwartet, schaute jedoch nur in ungläubige Gesichter. Erstaunt und verlegen grinsend sagte er: »Na ja, auf den nächsten Mord brauchen wir vermutlich nicht lange zu warten. Und bis dahin beschäftigen Sie sich mit all dem liegen gebliebenen Kram.« Schon rauschte der Kriminalrat wieder hinaus.

»Also hatte ich Recht. Akira Yamamoto gehörte der japanischen Mafia an«, kommentierte Juan voller Stolz.

Kim schwieg, während dem Hauptkommissar anzusehen war, wie sein Gehirn arbeitete. Dann sagte er unvermittelt: »Also könnt ihr Überstunden abbummeln. Machen wir Feierabend.« Schon griff er nach seinem Mantel und verließ grußlos den Raum.

»Ich denke, damit wir wissen, was hinter dem Ganzen steckt, wird Richard seine Kontakte spielen lassen. Wenn er erfolgreich ist, wird er uns morgen schon alles erzählen. Ich werde versuchen, noch einen Termin bei meinem Friseur zu bekommen«, erklärte Kim und ließ einen unzufriedenen Juan zurück.

Tatsächlich rief Richard Kretzer von zuhause aus seinen alten Freund Paul Ludwig an, der beim Bundeskriminalamt arbeitete. Sie kannten sich schon, seit sie ihre Laufbahn bei der Polizei begonnen hatten. Seit Paul versetzt worden und deswegen nach Wiesbaden gezogen war, sahen sie sich zwar selten, telefonierten jedoch regelmäßig. Beide verband Vertrauen und die Gewissheit, sich auf einander verlassen zu können. Schon öfter hatten sie Informationen auf dem sogenannten kleinen

Dienstweg ausgetauscht, die bei Ermittlungen sehr hilfreich gewesen waren.

Da sie sich erst kürzlich bei einem Besuch von Paul Ludwig in Hamburg getroffen hatten, fragte dieser gleich ohne Umweg: »Na, was gibt's? Wie kann ich dir helfen?«

Hauptkommissar Kretzer schilderte umfassend und sachlich die Ereignisse, fragte schließlich: »Was habe ich davon zu halten?«

»Ich kann deine Neugierde gut verstehen«, bestätigte ihn sein Kollege. »Wenn übergeordnete Behörden sich ohne Begründung einmischen, muss man sich wie ein Depp fühlen. Die japanische Angelegenheit unterliegt der absoluten Geheimhaltung, was du dir vermutlich denken kannst.«

»Also geht es um die japanische Mafia, wie schon mein Kollege Juan Montez vermutete.«

»Korrekt. So, ich habe meinen Computer hochgefahren. Wie war der Name der Toten?«

»Akira Yamamoto.«

Kretzer konnte hören, wie sein Freund auf der Computertastatur tippte.

»Eine bildschöne junge Frau«, stellte Paul Ludwig angesichts des Fotos auf seinem Bildschirm fest. »Und erfolgreich im Beruf ist sie auch noch. Dass sie aktiv eine Verbindung zur japanischen Mafia unterhält, konnten wir bisher nicht feststellen. Aber ihr Vater, Isamu Yamamoto, ist zwar ein angesehener Geschäftsmann, unterhält jedoch laut den Ermittlungen unserer Kollegen in Japan enge Beziehungen zur Yakuza und besetzt dort wohl eine bedeutende Stellung. Dabei geht er so geschickt vor, dass ihm bisher keine kriminellen Handlungen nachgewiesen werden konnten.«

»Also können wir einen Mord im Mafiamilieu ausschließen«, bemerkte Kretzer.

»Nicht so ganz, mein Lieber. Früher besuchte die Tote ihren

Vater in Japan regelmäßig. Vermutlich hoffte er, sie würde sich auch der Yakuza anschließen. Folglich wird sie als Teenager auch Mitgliedern dieser Mafia-Organisation begegnet sein.«

»Das klingt logisch. Aber warum interessiert sich das Bundeskriminalamt überhaupt für eine Mafia-Organisation in Japan?«

»Mittlerweile weiten alle großen kriminellen Organisationen ihre Aktivitäten weltweit aus. Wir erfuhren, dass die Yakuza Deutschland als neues Ziel für die Erweiterung ihrer Geschäfte ausgesucht hat.«

»Wurde Akira Yamamoto dafür eingespannt?«, wollte Kretzer nun wissen.

»Davon ist uns nichts bekannt. Soweit wir wissen, hat sie den Kontakt zu ihrem Vater vollständig eingestellt. Vermutlich erkannte sie seine Verbindungen zur japanischen Mafia und wollte damit nichts zu tun haben. Ihr strenger Ehrenkodex verbot Akira aber auch, ihren Vater zu verraten. Die Pflicht zur Verschwiegenheit sog sie wohl schon mit der Muttermilch auf.«

»Also hatte ihr Vater keinen Grund, ihren Mord in Auftrag zu geben.«

»Du berichtetest von dem Eindruck ihrer Freundin in dem Sushi-Restaurant, der Anblick des japanischen Meisterkochs hätte die Frau erschreckt. Das war kein Wunder, denn der Mann, den sie sah, war nicht der Meisterkoch. Diesen hatte sie ja einst in Begleitung ihres Vaters in dessen Imbiss in Tokio kennengelernt.«

Kretzer war verwirrt. »Ich dachte, dieses Sushi-Genie legt großen Wert darauf, dass niemand weiß, wie er heißt oder aussieht.«

»Richtig. Doch dieser ist seit einigen Monaten spurlos verschwunden. Unsere japanischen Kollegen vermuten, dass der Mann in einem buddhistischen Kloster untergetaucht ist, weil ihm das öffentliche Interesse an seiner Person auf die Nerven ging. Diese Klöster werden vom japanischen Volk hoch geachtet und sind selbst für die Behörden tabu.«

»Jetzt verstehe ich«, sprach Kretzer versonnen. »Da niemand diesen Meisterkoch kennt und er verschollen ist, ebnete das den Weg für jemanden, der seine Identität annehmen will.«

»Nun spricht der kluge Ermittler«, lobte Paul Ludwig seinen Freund. »Als die Tote also den Mann im Restaurant sah, erkannte sie nicht nur, dass dieser eine falsche Identität angenommen hatte, sondern auch ein Mitglied der Yakuza ist. Ich nehme an, sie begegnete ihm einst bei einem Besuch ihres Vaters.«

»Und der Mann erkannte auch sie als Tochter von Isamu Yamamoto. Er musste also fürchten, dass sein Schwindel aufflog.«

»Nicht nur das. Der Mann, dessen Name ich für mich behalten möchte, war nach Deutschland geflohen, weil er bei der Yakuza aussteigen wollte. Du kannst dir vorstellen, dass die Mafia mit solchen Verrätern kurzen Prozess macht. Vermutlich fürchtete er, Akira würde ihren Vater informieren.«

»Also musste dieser Mann Akira Yamamoto umbringen.«

»Ja, und das hat er auch schon gestanden. Wir brachten ihn in Sicherheit, denn er ist ein wichtiger Informant. Wir wollen die Ausbreitung der japanischen Mafia in Deutschland verhindern. Der Mann ist kooperationsbereit und befindet sich an einem streng geheimen Ort. Deswegen wurdet ihr angewiesen, umgehend alle Ermittlungen einzustellen.«

Kretzer seufzte. »Das ist wohl der Preis für ein höheres Ziel. Ich danke dir für die Aufklärung.«

Paul Ludwig lachte. »Aber dir ist schon bewusst, dass ich für dich mal wieder sämtliche Dienstvorschriften ignoriert habe.«

»Du weißt eben, dass du dich auf meine Loyalität und mein Schweigen verlassen kannst.«

Am nächsten Morgen warteten Kim und Juan schon ungeduldig darauf, zu erfahren, was ihr Chef herausgefunden hatte. Kretzer schenkte sich erstmal einen Kaffee ein.

»Guten Morgen, Richard. Du warst doch gestern bestimmt nicht untätig, was unseren Fall angeht. Also, was gibt es Neues?«, fragte Kim neugierig.

»Es ist nicht mehr unser Fall. Seien wir froh, dass das Bundeskriminalamt die Ermittlungen übernommen hat.«

Die Kommissarin schaute ihn enttäuscht an, doch sie wusste, dass Kretzer einen triftigen Grund haben musste, um zu schweigen.

Juan fühlte sich in seinen Vermutungen bestätigt. »Wenn das Bundeskriminalamt sich einschaltet, hat der Mord bestimmt etwas mit der japanischen Mafia zu tun. Oder die junge Frau wurde zum Opfer eines Bandenkriegs zwischen konkurrierenden Organisationen. Auf jeden Fall muss sie, wie ihr Vater, für die Mafia gearbeitet haben. Der Apfel fällt eben nicht weit vom Stamm.«

»Du bist ein cleveres Bürschchen, Juan. Aber die Hintergründe für dieses Verbrechen werden wir wohl nie erfahren. Läuft dein Computer mittlerweile wieder?«

»Irgendwas stimmt mit den Programmen nicht. Ständig stürzt der Computer ab. Von zuhause habe ich überhaupt keinen Zugang mehr. Aber ich werde die Ursache schon finden«, sagte Juan und wendete sich wieder seinem PC zu.

Kim lächelte ihren Chef liebevoll an, denn es war ein gutes Gefühl zu wissen, dass er Geheimnisse für sich behalten konnte. Dann widmete sie sich dem Stapel von Unterlagen auf ihrem Schreibtisch.

In eigener Sache

Nur einen Tag nach ihrem Gespräch über den Grund für den Mord an Akira Yamamoto rief Paul Ludwig vom Bundeskriminalamt seinen Freund Richard Kretzer an und gab Informationen an ihn weiter, die den Hauptkommissar beunruhigten. Die Computerexperten in seiner Behörde hatten festgestellt, dass sich Unbefugte Zugang nicht nur zu den Dateien des Bundeskriminalamts, sondern auch anderer Dienststellen verschafft hatten. Es müssen Profis gewesen sein, denn der Datenfluss konnte noch nicht nachvollzogen werden, aber die Experten arbeiteten daran. Zuerst erweiterten sie das Sicherheitsprogramm, wollten aber nicht garantieren, damit das Problem gelöst zu haben, denn es bestand der Verdacht, dass der Zugriff auch von Computern erfolgte, die den behördeninternen Servern angeschlossen waren.

Kretzer tat mäßig interessiert, was Paul Ludwig nicht verwunderte, da dieser wusste, dass das Computerzeitalter an seinem Freund bisher weitgehend vorbeigegangen war.

»Du hättest wohl lieber schriftliche Berichte auf Papier, die dann Aktenschränke füllen, und würdest die Computer ganz abschaffen.«

»Richtig, Paul. Und ich bestehe tatsächlich noch darauf, dass jede Aussage und jeder Bericht ausgedruckt und abgeheftet wird.«

»Ja, die guten alten Zeiten, in denen massenweise Papier verschwendet wurde.«

»Genau. Dieses Vorgehen war zwar nicht hundertprozentig resistent gegen Fremdzugriffe zum Beispiel durch Diebstahl, aber heute können die Hacker vom Wohnzimmertisch aus auf die Informationen zugreifen, die bei den unterschiedlichsten Behörden gespeichert sind. Nur wenn wir mal Informationen einer anderen Behörde benötigen, müssen wir uns umständlich um Genehmigungen bemühen.«

»Ja, Richard, der Rechtsstaat schützt eben Bürger und Verbrecher gleichermaßen. Vermutlich ist deinen Mitarbeitern schon aufgefallen, dass ihre Computer nur eingeschränkt arbeiten. Das sind die Folgen des neu installierten Sicherheitsprogramms. Ich hoffe, ihr seid nicht gerade in schwierigen Ermittlungen.«

»Nein, die Mörder machen gerade Pause. Außerdem sind wir beide doch Kriminalbeamte der alten Garde und trauen uns zu, auch ohne maschinelle Hilfsmittel einen Verbrecher dingfest zu machen.«

»Da hast du natürlich Recht, doch die Zeiten haben sich geändert«, antwortete Paul Ludwig. »Du musst zugeben, dass die schnell mal eben mit dem Computer ermittelten Informationen oft bei den Ermittlungen helfen.«

Kretzer grunzte zustimmend in den Telefonhörer.

»Die Kollegen von der organisierten Kriminalität sind allerdings besorgt, denn wo ein Leck ist, können auch Kriminelle schnell eindringen. So könnten undercover arbeitende Ermittler enttarnt werden oder das Bekanntwerden des Termins für eine Großrazzia deren Erfolg verhindern. Ich erzähle dir das Ganze auch nur, weil unsere Computerexperten eine Spur nach Hamburg und zu eurer Behörde verfolgen.«

Richard Kretzer schluckte, ließ sich aber nichts anmerken.

»Wer interessiert sich denn für Vorstadtmörder?«

»Vermutlich niemand, doch halte bitte die Augen auf. Selbst wenn du deinen Computer nur zwangsweise nutzt, können die Informationen aus den Behörden Kriminellen sehr hilfreich sein, Ermittlungen extrem behindern und vielleicht sogar das Leben einiger Kollegen gefährden.«

»Danke, Paul. Ich vermute, auch dieses Gespräch ist streng vertraulich.«

»Selbstverständlich.«

»Hältst du mich trotzdem bitte auf dem Laufenden?«

»Natürlich, alter Freund. Ich wünsche dir noch einen schönen Abend und bis bald.«

Richard Kretzer kannte sich zwar mit Computer nur mäßig aus, doch er hatte einen klaren, wachen Verstand. Ihm war in letzter Zeit aufgefallen, dass Juan über Informationen verfügte, die er nicht auf dem normalen Dienstweg hatte beschaffen können. Diese waren zwar oft sehr hilfreich bei den Ermittlungen gewesen, doch das hatte den Hauptkommissar nicht darüber hinweggetäuscht, dass Juan sich vermutlich illegaler Wege bei deren Beschaffung bediente. Es wurde Zeit für ein Gespräch unter vier Augen. Dabei musste er sehr behutsam vorgehen, denn Juan hatte ein empfindliches Gemüt. Sorgfältig plante und durchdachte er sein Vorgehen.

Als Juan morgens an seinem Arbeitsplatz erschien, empfing ihn Kim Kaiser gleich mit den Worten: »Richard ist krank. Ihn hat ein übler Magen-Darm-Virus erwischt. Er wagt es kaum, sich einige Meter von der Toilette zu entfernen. Du weißt, Richard ist ein harter Kerl, der sich lieber selbst kuriert, als einen Arzt aufzusuchen. Also hat er angerufen und mich gebeten, ihm einen Schwung reifer Bananen vorbeizubringen. Aber ich muss jetzt zum Schießtraining, weil ich doch an den Meisterschaften der deutschen Polizei teilnehme. Also übernimm du bitte diese Aufgabe.«

Bevor Juan seine Bedenken wegen einer drohenden Ansteckung vorbringen konnte, sagte Kim im Hinausgehen: »Wehe, du hilfst Richard nicht.« Dann war sie weg.

»Na toll«, dachte Juan. »Nun soll ich Kindermädchen für unseren Chef sein und fange mir dabei selbst so einen Virus ein.«

Doch seinen stets verständnisvollen und loyalen Vorgesetzten hängen zu lassen, kam auch nicht in Frage. Um sich nicht ablenken zu lassen, schaltete er seinen Computer gar nicht erst ein, sondern zog los, um Bananen zu besorgen und diese Kretzer zu bringen.

Hauptkommissar Richard Kretzer wohnte im Obergeschoss eines Mehrfamilienhauses mit nur sechs Wohnungen. Den Öffner für die Haustür bediente er so flott, dass Juan sich wunderte. Vielleicht erwartete ihn sein leidender Chef schon sehnsüchtig. Dieser stand auch bereits in seiner Wohnungstür und begrüßte seinen Mitarbeiter herzlich.

»Juan, du bist ein Schatz. Komm doch bitte rein.«

Der Angesprochene war erstaunt, wie gesund und munter sein Vorgesetzter ausschaute. Auch hatte er erwartet, von ihm im Badmantel oder in Jogginghose empfangen zu werden, doch Kretzer trug ganz alltägliche Kleidungsstücke, mit denen er auch sorglos hätte auf die Straße gehen können.

Kretzer nahm ihm den Stoffbeutel mit den Bananen ab und trug diesen in die Küche. Da Juan seinen Chef schon öfter besucht hatte, ging er ins Wohnzimmer, das wie immer ordentlich aufgeräumt war. Auf dem Tisch stand eine Thermoskanne neben einem Milchkännchen und dem Zuckertopf sowie zwei Kaffeetassen.

Kretzer trat hinzu und sagte: »Lass uns erstmal einen Kaffee trinken.«

»Der ist bei einer Magen-Darm-Erkrankung doch Gift«, protestierte der Gast.

»Für andere vielleicht«, antwortete der Hauptkommissar lächelnd. »Aber für mich ist Kaffee mein Lebenselixier.«

Beide setzten sich und schenkten sich selbst ein.

»Richard, ich bin erstaunt, wie gut du trotz der Krankheit aussiehst.«

»Das ist nur ein kleiner Infekt. Der haut mich nicht um.«

Beide tranken einen Schluck Kaffee und schauten sich dann in die Augen. Plötzlich wurde Juan klar, dass Kretzer ihn unter einem Vorwand zu sich nach Hause gelockt hatte, um ein vertrauliches Gespräch zu führen. Schon länger rechnete er damit, dass der Chef ihn auf seine Internetrecherchen ansprechen würde, doch an diesem Tag war er nicht misstrauisch geworden. Deswegen war er auf das zu erwartende Gespräch nicht vorbereitet, was Juan verunsicherte.

Kretzer hatte im Laufe seiner Dienstzeit bei der Polizei etliche Befragungen und Verhöre geführt und eine gute Menschenkenntnis entwickelt. Also erkannte er auch, dass Juan seinen Plan durchschaut hatte.

»Du bist gar nicht krank«, begann der Gast das Gespräch, um seinen bei einer Lüge ertappten Chef in die Defensive zu drängen.

»Richtig«, gab der Hauptkommissar zu. »Doch diese kleine Lüge musste sein, damit wir ungestört ein Gespräch unter vier Augen führen können. Du ahnst bestimmt, warum ich diesen Weg wählte.«

Nun fühlte Juan sich ertappt, denn ihm war bewusst, dass seine Kollegen und er, die »Glorreichen Sieben«, mit dem Eindringen in die Netzwerke anderer Behörden diverse Dienstvorschriften verletzt hatten. Wenn er das zugab, mussten er und seine Freunde bittere Folgen befürchten. Allerdings war es nicht nur sehr schwer für ihn, seinen Chef zu belügen, sondern widersprach auch dem vertrauensvollen Verhältnis, das beide verband. Er versuchte sich aus der Lage herauszuwinden.

»Ich weiß nicht, was du meinst.«

Kretzer lächelte und sagte: »Dann will ich es mal direkter formulieren. Schon seit einiger Zeit habe ich den Verdacht, dass du dir Informationen auf nicht ganz legale Weise beschaffst.«

Juan schwieg, doch sein Vorgesetzter kannte ihn gut genug, um den inneren Kampf in ihm zu bemerken.

»Ich kann mir denken, dass du nicht darüber sprechen willst, denn solltest du einen Rechtsbruch zugeben, wäre ich verpflichtet, den Kriminalrat zu informieren. Aber du weißt auch, dass ich meine Mitarbeiter selbst bei Fehlverhalten stets beschütze und mich von Dienstvorschriften nicht knechten lasse.«

Juan sackte in sich zusammen. Er vertraute Richard Ketzer und war beinahe froh, sich ihm offenbaren zu können. Dieser ließ ihm auch Zeit, in Ruhe über sein weiteres Vorgehen nachzudenken. Schließlich entschloss sich Juan zu beichten.

»Ich war doch auf diesem Lehrgang »Einsatz von modernen Technologien bei den Ermittlungen«. Dort wurden wir in epischer Breite darüber informiert, welche Anträge auszufüllen sind, wenn wir Informationen von anderen Behörden brauchen. Alle Möglichkeiten, Computer über das eigene Netzwerk hinaus zu nutzen, wurden aus Datenschutzgründen für rechtswidrig erklärt. Wie viel Zeit uns bei den Ermittlungen durch das ständige Anträge-Stellen und Genehmigungen-Abwarten verloren geht, wurde nicht zum Thema gemacht. So werden die Verbrecher geschützt. Das regte mich und sechs weitere meiner Kollegen sehr auf.«

»Und das wolltet ihr euch nicht weiter gefallen lassen. Das kann ich gut verstehen, Juan, auch wenn ich die meiste Zeit bei der Polizei noch analog ermitteln musste.«

Juan freute sich über das Verständnis seines Chefs.

»Richtig. Auch die Verbrecher sind heute vernetzt, scheuen sich nicht, in fremde Netzwerke einzudringen. Nur wir Ermittler müssen ständig die Fahne des Rechtsstaats hochhalten.«

»Natürlich, denn wir vertreten diesen ja«, erklärte Kretzer.

»Manchmal können wir aber nur Erfolg bei den Ermittlungen gegen Kriminelle haben, wenn wir uns der gleichen Mittel bedienen.«

»Ich denke, so ein Vorgehen ist bei den meisten Mordfällen, die wir aufzuklären haben, nicht nötig. Aber ich habe schon erkannt, dass uns einige Sachverhalte, die du vorbei an den Dienstvorschriften ermittelt hast, durchaus nützlich waren. Trotzdem muss ich dich bitten, zukünftig auf der Linie unserer Gesetze zu bleiben. Das mag dir ungerecht und kontraproduktiv erscheinen, doch wenn wir uns nicht strikt an das Recht halten, verlieren wir die Berechtigung, andere wegen ihrer Rechtsbrüche zu verfolgen.«

»Das ist mir klar und es ist auch logisch, dass du diese Einstellung vertrittst. Aber einer der Kollegen, die ich auf dem Seminar kennenlernte, befasst sich mit organisierter Kriminalität. Gerade diese Clans sind hervorragend vernetzt und können sich darauf verlassen, dass die behördlichen Zuständigkeiten ihnen Zeit verschaffen. Das Gleiche gilt für gut organisierte Einbrecherbanden. Sobald sie in einem anderen Bundesland aktiv werden, dauert es ewig, bis die Informationen in den verschiedenen Polizeibehörden abgeglichen werden können. Und dann sind die Verbrecher schon wieder in ein anderes Bundesland gewandert. Wir rennen nur hinterher, weil uns die Vorschriften ausbremsen, und die Täter lachen sich ins Fäustchen.«

»Ich weiß, dass da vieles im Argen liegt«, gab Kretzer zu. »Aber kann die Alternative sein, dass auch die Ermittler den Rechtsstaat unterwandern dürfen?«

»Keine Ahnung, damit sollen sich die Verantwortlichen auseinandersetzen. Ich weiß jedenfalls, dass mein Kollege aus Bayern durch Umgehung der Dienstvorschriften schon beachtliche Erfolge erzielt hat.«

»Wie hast du davon erfahren, Juan?«, fragte Kretzer.

»Wir telefonieren gelegentlich.«

»Vermutlich mit dem Handy«, sagte der Hauptkommissar und schwieg einen Moment. Dann fuhr er fort: »Also hast du dich mit diesem Kollegen zusammengetan?«

Juan lächelte mit sichtlichem Stolz. »Natürlich nicht nur mit ihm, sondern auch mit fünf weiteren Gleichgesinnten. Wir nennen uns ‚Die glorreichen Sieben‘.«

»Das hört sich kämpferisch und ehrenvoll an.«

Juan fühlte sich nun in seinem Element. »Wir kennen uns alle gut mit Computern aus und werden diese Maschinen auch dazu nutzen, die Verbrecher dingfest zu machen. Mit unserem Programm können wir problemlos und zeitnah alle Informationen von den Behörden abrufen. Nur so wissen wir, wo vergleichbare Verbrechen geschehen sind, wer mit wem Kontakt hat, können Kriminalität verhindern und Täter dingfest machen.«

Kretzer sah die Begeisterung in den Augen seines Mitarbeiters blitzen.

»Ich kenne mich schlecht mit Computern aus, aber ist es nicht möglich, dass Fremde mit bösen Absichten in euer Programm eindringen und dadurch ebenfalls Informationen bekommen, die ihnen hilfreich sind?«

»Keine Sorge, Richard, einer der ‚Glorreichen Sieben‘ ist ein echter Experte und verhindert mit einem ausgeklügelten Sicherheitsprogramm ungewünschten Zugriff.«

»Also verfügen außer dir nur sechs Kollegen über den Zugang zu diesem Wunderprogramm.«

»Richtig«, antwortete Juan mit stolz geschwellter Brust.

»Willst du mir die Namen der ‚Glorreichen Sieben‘ nennen?«

»Das ist wohl eine rhetorische Frage.« Juan schmunzelte. »Natürlich schworen wir uns absolutes Stillschweigen.«

Kretzer musste in Ruhe nachdenken.

»Danke, Juan, dass du so offen zu mir warst. Du kannst dich darauf verlassen, dass dieses Gespräch unter uns bleibt. Trotzdem bitte ich dich eindringlich, dieses illegale Programm nicht mehr von deinem Dienstcomputer aus zu nutzen.«

»Aber Richard, ich bin doch nicht dumm. Meine Recherchen führte ich, bis auf wenige Ausnahmen, von meinem privaten Computer.«

»Okay, trotzdem wünschte ich, du hättest dich auf diesen unzulässigen Weg nie eingelassen. Das liegt vielleicht daran, dass ich befürchte, nichts im Internet ist sicher. Wenn du und deine Kollegen auffliegen, kann das schlimme Folgen für euren beruflichen Werdegang haben oder euch sogar ins Gefängnis bringen.«

Juans Miene zeigte Enttäuschung. Hatte sein Chef denn nicht begriffen, welche ehrenvollen Absichten die »Glorreichen Sieben« verfolgten? Kretzer war wohl einfach noch nicht im digitalen Zeitalter angekommen.

»Ich bleibe heute zuhause. Wir sehen uns morgen im Büro«, beendete der Hauptkommissar das Gespräch.

»Nur noch eine Frage: Weiß Kim, dass du die Krankheit nur vorgeschoben hast und von deinen wahren Absichten?«

»Nein, das ist eine Angelegenheit nur zwischen uns beiden.«

Damit war Juan zufrieden und verließ die Wohnung.

Auch wenn der Hauptkommissar seinen Mitarbeiter verstehen konnte, sich erinnerte, dass auch ihn zu Beginn seiner Laufbahn recht revolutionäre Gedanken beschäftigt hatten, legte sich seine Unruhe nicht. Das war meistens ein Zeichen dafür, dass Ereignisse bevorstanden, auf die er keinen Einfluss hatte. Also konnte er erst reagieren, wenn etwas passiert war. Diese Unsicherheit, gepaart mit einer diffusen Ahnung, quälten ihn. Er war regelrecht zur Untätigkeit verdammt.

Er sorgte sich um Juan. Laut seinem Freund Paul hatte das Bundeskriminalamt das Eindringen in seine eigenen und in andere Netzwerke schon bemerkt. Eine Spur sollte dabei in die Behörde führen, in der Juan und Kretzer arbeiteten. Folglich hatte sich sein Mitarbeiter auf illegalem Wege Informationen beschafft und dafür auch den dienstlichen Computer genutzt. Diese hatte er zwar nur zur Unterstützung der Aufklärung eines aktuellen Mordfalls genutzt, aber jedes Leck in der Sicherheit der behördlichen Dateien war eines zu viel.

Kretzer schätzte Juan sehr, hielt ihn für einen ausgezeichneten, zuverlässigen Kriminalbeamten und war ihm auch als Mensch zugetan. Würde entdeckt werden, dass sein Mitarbeiter sich nicht an die Dienstvorschriften gehalten und sogar gegen geltendes Recht verstoßen hatte, blieb der Behörde nur seine Entlassung. Aber Kretzer wollte Juan nicht verlieren, weswegen er gezwungen war, über den Inhalt dieses persönlichen Gesprächs zu schweigen. Damit verstieß aber auch er gegen Dienstvorschriften, was unangenehme Folgen nach sich ziehen könnte. Trotzdem war Verrat zurzeit für Kretzer keine Alternative.

Juan verließ dieses unerwartet ernste Gespräch mit Erleichterung. Es hatte ihn gestört, seinen Chef etliche Male belügen zu müssen. Und er war sicher, dass Richard Kretzer ihn schützen würde, falls es je zu Nachforschungen der Dienstaufsicht kam. Juan hatten selbst öfter Zweifel geplagt, ob das illegale Vorgehen der »Glorreichen Sieben« nicht doch zu gewagt war. Andererseits ging es darum, Verbrecher zu erwischen, die sich bekanntermaßen auch nicht an Gesetze und Regeln hielten. Warum sollte die Polizei nicht alle Möglichkeiten ausschöpfen, um Verbrechen aufzuklären?

Im Büro erwartete ihn Kim Kaiser.

»Na, wie geht es Richard?«

»Der ist ein harter Brocken. Ich denke, er wird schnell genesen und vermutlich schon morgen wieder im Büro auftauchen.«

»Gott sei Dank, dass es nichts Ernstes ist.«

»Und wie lief es beim Schießen?«, wechselte Juan schnell das Thema.

Kim lächelte selbstzufrieden.

»Ich denke, unsere Dienststelle muss sich nicht schämen, wenn ich bei den deutschen Meisterschaften auftrete.«

Juan nahm sich eine Tasse Kaffee, scheute sich jedoch plötzlich, seinen Computer anzuschalten. Dieses Gerät beunruhigte ihn. Also widmete er sich einem Stapel von Dienstvorschriften, die er noch lesen musste. Zum Glück wurden diese immer noch in Papierform verteilt.

Kim wunderte sich, hinterfragte jedoch nicht das seltsame Verhalten ihres Kollegen, dessen Computer ansonsten während der gesamten Dienstzeit lief.

Als Juan abends erst kurz zuhause war, klingelte sein Handy. Es war sein Kollege Alfons Becker aus München, der auch zu den »Glorreichen Sieben« gehörte.

»Es ist unglaublich, was ich mittlerweile alles herausgefunden habe«, fiel dieser gleich mit der Tür ins Haus. »Ich habe mir extra eine Woche Urlaub genommen, um diese ganzen Verstrickungen und Verknüpfungen bei der organisierten Kriminalität zu entwirren. Und Simon hat mir von Berlin aus geholfen, auch wenn seine Zeit etwas knapp war. Der Typ ist ein Genie. Der knackt jedes Sicherheitssystem.«

»Das hört sich toll an«, sagte Juan ohne echte Überzeugung, was der euphorische Alfons aber nicht bemerkte.

»Ich bin auf eine Sache gestoßen, die selbst die höchsten Polizeikreise verblüffen wird.«

»Und was ist das?«, sah sich Juan gezwungen zu fragen, auch wenn ihm immer mulmiger wurde.

»Es ist doch bekannt, dass sich die mafiaähnlichen Organisationen immer mehr wie Wirtschaftsunternehmen verhalten. Die Märkte werden aufgeteilt und es wird auch in ganz seriöse Unternehmen investiert, um das illegal erworbene Geld zu waschen. Doch bisher bekämpften sich die kriminellen Organisationen. Nun aber habe ich herausgefunden, dass sich die russische Mafia mit den Triaden, also den Chinesen, zusammentut. Damit wären sie die weltweit größte kriminelle Vereinigung.«

»Das ist ja ein Ding«, kommentierte Juan kurz, während langsam Angst in ihm hochkroch.

»Als Reaktion darauf könnte sich die italienische Mafia mit den Japanern zusammenschließen. Dann käme es zum Krieg.« Juan schluckte und sagte: »Das kann ich mir gut vorstellen.«

»Mein Freund, ich vertraue dir und habe deswegen einen USB-Stick mit all meinen Informationen gestern ganz traditionell per Post an dich abgeschickt. Ich hoffe, die Post ist zuverlässig und der Brief gerät nicht in falsche Hände. Das wäre eine Katastrophe.«

»Du schmeichelst mir«, flüsterte Juan mehr als beängstigt. Natürlich hatte er sich auch schon mit der organisierten Kriminalität, der Königsdisziplin der Verbrechen, beschäftigt. Daher wusste er auch, dass dort Experten für Mord und Folter arbeiteten, die skrupellos ihre Aufträge erfüllten. Selbst hervorragend ausgebildete Computerexperten fanden sich in diesen Verbrecherkreisen. Wenn Alfons diese schlafenden Hunde durch sein Vorgehen geweckt hatte, war es nur eine Frage der Zeit, wann die Verbindung zwischen ihm und Juan entdeckt wurde.

»Okay, ruf mich an, wenn der Brief angekommen ist. Ich muss weiterarbeiten«, verabschiedete sich Alfons Becker und legte auf.

»Warum nur haben wir wieder mit unseren Handys telefoniert?«, dachte Juan. »Diese Geräte sind leicht zu orten. Steht er vielleicht schon auf der Abschussliste einer der kriminellen Organisationen?«

Juan schaltete sein Handy aus und entfernte die Chipkarte. Dann trennte er auch das WLAN und den Computer vom Strom. Hoffentlich hatte er noch rechtzeitig reagiert. Plötzlich erkannte er die Gefahr, die sich mit der Idee der »Glorreichen Sieben« verband. Warum war er nur so blauäugig gewesen zu denken, dass sie mit ihren Computerprogrammen den Verbrechern voraus sein konnten? Diese Art der Ermittlungen mochte nützlich bei der Ergreifung eines Mörders sein, der allein und aus persönlichen Motiven handelte. Aber die organisierte Kriminalität spielte in einer ganz anderen Liga.

Juan bereute, seine Waffe nicht aus dem Kommissariat mitgenommen zu haben. Von Kim wusste er aber, dass sie immer eine Waffe bei sich trug. Also rief er sie vom Festnetz aus an und lud sie zum Essen ein. Das erstaunte seine Kollegin zwar, doch sie hatte nichts weiter vor und willigte ein.

Die beiden trafen sich beim Italiener.

»Danke für die Einladung«, begann Kim das Gespräch. »Mit sowas hatte ich überhaupt nicht gerechnet. Wie komme ich zu der Ehre?«

»Ich fühlte mich einsam und hungrig«, begründete Juan wenig überzeugend, was Kim nicht entging.

»Da habe ich ja Glück gehabt«, erwiderte sie lächelnd.

Beide bestellten Essen und Wein. Da Juan mit dem Rücken zur Tür des Lokals saß, fühlte er sich genötigt, sich immer wieder umzuschauen.

»Juan, was ist los? Wirst du verfolgt?«, fragte Kim schließlich.

»Nein, wie kommst du denn darauf?«

Diese Worte klangen eher wie eine Notlüge als die Wahrheit. Kim spürte, dass ihren Kollegen etwas belastete, wollte jedoch lieber abwarten, ob er sich ihr ohne ständiges Nachhaken öffnete. Diese Hoffnung blieb unerfüllt. Die beiden plauderten über ihre Arbeit, gemeinsame Bekannte und sonstige Belanglosigkeiten. Trotzdem konnte Juan seine innere Anspannung nicht verbergen.

Nach dem Essen, in dem der junge Mann mehr herumgestochert hatte als es zu genießen, wollte Kim sich auf den Heimweg machen, doch Juan versuchte alles, um das Beisammensein zu verlängern. Auch hatte er schon reichlich dem Alkohol zugesprochen, sodass seine Kollegin ihm anbot, ihn nach Hause zu bringen. Sichtlich erleichtert willigte Juan ein.

Vor dem Mehrfamilienhaus angekommen, bat er Kim, ihn bis in seine Wohnung zu begleiten. Sie lächelte, weil so eine Einladung den Wunsch nach einer gemeinsamen Nacht ausdrücken könnte. Aber Juans Miene spiegelte keine Vorfreude, sondern Angst.

»Wovor fürchtest du dich?«, fragte sie liebevoll.

»Vor gar nichts!«, war die barsche Antwort.

»Gut, dann komme ich noch mit hinauf.«

Im Flur gingen beide an den Briefkästen vorbei.

»Moment«, sagte Juan. »Ich muss noch schnell nach meiner Post sehen.«

Dann hielt er einen Umschlag ohne Absender in der Hand, abgestempelt in München. Darin ertastete er den angekündigten USB-Stick. Sein Herz raste. Kim begleitete ihren Kollegen bis zur Wohnungstür. Juan stellte erleichtert fest, dass diese unversehrt und gut verschlossen war. Am liebsten hätte er Kim gebeten, die Nacht bei ihm zu verbringen, denn sie trug die Handtasche mit ihrer Waffe bei sich, aber weder stand ihm der Sinn nach Sex, noch wollte er Kim einweihen.

»Danke für deine Gesellschaft. Wir sehen uns morgen im Büro.«

Juan verschwand in seiner Wohnung und schloss die Tür vor seiner nachdenklichen Kollegin.

Am nächsten Morgen erschien der Hauptkommissar kurz nach Kim Kaiser im Kommissariat.

»Schön, dass es dir wieder besser geht«, wurde er strahlend begrüßt. »Du bist ein harter Knochen. Aber stell dir vor, gerade meldete sich Juan krank. Er hat sich wohl gestern bei dir angesteckt.«

»Das tut mir leid«, sagte Kretzer betroffen und dachte: »Was ist geschehen, dass Juan eine Krankheit vortäuscht?« Ihr Gespräch war doch wenig beunruhigend, eher verständnisvoll harmonisch verlaufen.

»Wir waren gestern noch gemeinsam essen, aber da hatte Juan schon keinen richtigen Appetit. Vermutlich waren das die ersten Anzeichen dafür, dass er sich bei dir angesteckt hat. So einen Magen-Darm-Virus mit Alkohol zu bekämpfen war wohl auch nicht die beste Idee.«

»Gibt es schon Kaffee?«, fragte Kretzer ungewohnt unwirsch.

»Ist gerade durchgelaufen. Aber solltest du nach so einer Krankheit nicht darauf verzichten?«

Kretzer lächelte. »Du weißt doch, dass ich unausstehlich bin ohne meinen Morgenkaffee.«

Beide setzten sich stumm an ihren Schreibtisch, doch statt zu arbeiten, hingen sie ihren Gedanken nach. Kim hätte ihrem Chef gern von ihren Eindrücken beim Abendessen mit Juan berichtet, doch sie wollte nicht als Klatschbase dastehen, die Juan durch irgendwelche Ahnungen in ein schlechtes Licht rückte. Kretzer wiederum rang mit dem Gedanken, seinen Mitarbeiter aufzusuchen. Schließlich wendeten sich beide versonnen ihrer Arbeit zu.

Nach einer unruhigen Nacht, in der Juan jedes kleinste Geräusch aus dem Schlaf riss, sah er sich nicht imstande, seine alltägliche Rolle im Büro zu spielen, und meldete sich krank. Natürlich war ihm bewusst, dass sein Chef diese Lüge durchschauen würde, doch er verließ sich auf dessen Schweigen, denn schließlich hatte auch er seine Krankheit nur vorgetäuscht.

Auf dem Tisch vor ihm lag der USB-Stick, doch er traute sich nicht, seinen Computer anzustellen und nachzuschauen, was sich darauf befand. Er traute Alfons Becker zu, dass er ihm hochbrisante Informationen geschickt hatte, damit diese an einem anderen Ort sicher verwahrt wurden. Wenn diese aber das organisierte Verbrechen betrafen, also Organisationen, die vor nichts zurückschreckten, konnte auch Juan in Gefahr sein. Zu diesen Leuten gehörten oft hervorragend vernetzte

Computerexperten, weswegen es nur eine Frage der Zeit war, dass diese seinen Kontakt zu Alfons herausfanden.

Die verlässlichste Methode, sich selbst aus der Schusslinie zu nehmen, war es wohl, diese Informationen auf dem USB-Stick einer breiten Öffentlichkeit zugänglich zu machen. Dazu würden sich die Presse und die Medien anbieten. Aber sollte er so verfahren, würden Alfons und er bei der Polizei rausgeschmissen, von den drohenden juristischen Folgen ganz zu schweigen. Überhaupt konnte Juan seine Laufbahn in der Behörde vergessen, wenn herauskam, dass sich »Die glorreichen Sieben«, zu denen er gehörte, illegal in fremde Netzwerke eingehackt und die so erlangten Kenntnisse auch verwendet hatten. Juan war verzweifelt und hoffte inständig, dass es seinem Chef, Richard Kretzer, gelang, ihn zu beschützen.

Plötzlich klingelte es an der Tür und Juan erstarrte in Panik. Die Kriminellen hatten ihn also bereits gefunden. Würden sie ihn verschonen, wenn er einfach den USB-Stick übergab und seine Unwissenheit beteuerte? Bestimmt nicht. Mit unliebsamen Zeugen machten die Typen vom organisierten Verbrechen kurzen Prozess. Und sie würden auch nicht vor der geschlossenen Wohnungstür Halt machen. Schon wurde an diese laut und dringlich geklopft.

Durch eines der Fenster könnte er sich durch einen gewagten Sprung aus dem dritten Stock retten, bei dem er sich vermutlich schwer verletzten würde. Dann hatten es die Gangster, die unten geblieben waren, noch leichter, ihn zu schnappen. Juan war wie gelähmt vor Angst. Plötzlich drang eine Stimme durch seine Wohnungstür.

»Juan, bitte öffne die Tür! Hier ist Simon Art. Ich brauche deine Hilfe.«

Juan erkannte sofort die Stimme seines Kollegen von den »Glorreichen Sieben«, doch durfte er seinen Worten trauen oder stand vielleicht jemand hinter Simon und hielt ihm eine

Waffe an den Kopf? Juan stand auf und ging zum Fenster. Unten auf der Straße parkte nur der alte Kleinwagen einer Nachbarin, die gerade arbeitslos war. Es war nichts Verdächtiges zu entdecken.

»Juan, bitte!«, hörte er Simon flehen.

Nun schämte er sich seiner Angst, seines Verlustes der Selbstkontrolle und ging eilig zur Tür. Ein Blick durch den Spion bewies ihm, dass der Gast allein war. Er öffnete dem schmächtigen Simon, der seinem Kollegen vor Erleichterung beinahe um den Hals gefallen wäre. Der Mann, der noch nicht die dreißig erreicht hatte, sah elend und übermüdet aus. Juan führte ihn in seine Wohnung und schenkte ihm einen lauwarmen Kaffee ein.

»Danke«, sagte der Gast. »Ich hoffe, ich bin hier erstmal sicher.«

Seine Angst und Erschöpfung waren ihm deutlich anzusehen.

»Aber Simon, wovor fürchtest du dich denn? Meines Wissens hast du gar nichts mit Verbrechern zu tun, sondern arbeitest für die Berliner Polizei als IT-Fachmann.«

Simon schloss kurz die Augen, als müsse er sich sammeln. Dann sagte er: »Ich bin doch das Herz der »Glorreichen Sieben«. Mir verdankt ihr es, dass ihr Informationen bekommt, ohne unzählige Anträge zu stellen, die euch oft sogar abgelehnt werden. Ich bin eben ein begeisterter Hacker, dem es gelingt, auch die kompliziertesten Sicherheitssysteme zu knacken.«

Juan beobachtete, wie sich die Augen seines Gastes mit Tränen füllten. Seine eigene Angst erwachte wieder.

»Schon als Jugendlicher verbrachte ich die meiste Zeit vor meinem PC. Es machte mir Spaß, die Lücken in Systemen zu finden und in fremde Netzwerke einzudringen. So riss ich das Informatikstudium auf der linken Arschbacke ab. Doch ich habe mir nie etwas Böses dabei gedacht oder meine Fähigkeiten missbraucht. Für mich war das Sport.«

Simon begann zu zittern.

»Aber wir, also »Die glorreichen Sieben«, haben das doch auch nicht missbraucht, sondern die Informationen dazu benötigt, um Verbrecher zu fassen«, versuchte Juan seinen Kollegen und sich zu beruhigen.

»Natürlich war das ein ehrenwerter Plan«, bestätigte Simon. »Aber vier unserer Kollegen haben meine Dienste noch nie an Anspruch genommen. Sie hatten wohl Angst, gegen unsere Dienstvorschriften zu verstoßen. Doch Alfons war wie besessen von der Möglichkeit, mit meiner Hilfe Verbrecherorganisationen auf die Spur zu kommen.«

Simon würgte, als würde ihm übel werden, gewann jedoch seine Fassung wieder.

»Ja, ich weiß, denn ich habe gelegentlich mit Alfons telefoniert. Vielleicht gelingt es ihm tatsächlich, den organisierten Verbrecherorganisationen einen empfindlichen Schlag zu versetzen«, erklärte Juan mit dem Stolz des Eingeweihten.

Nun erbrach sich Simon. Erschrocken eilte Juan in die Küche, um die Schweinerei mit einem Lappen zu beseitigen. Seinen Kollegen kannte er bisher nur als fröhlichen Kerl, der das Leben von der leichten Seite nahm. Kein Wunder, denn er hatte nur mit Zahlen und Codes zu tun und musste sich nicht dem Anblick von grausam ermordeten Menschen stellen. Aber nun machte er einen Eindruck, als sei er bis ins Mark erschüttert. Juan klopfte ihm tröstend auf die Schulter.

Simon atmete tief durch und sprach weiter: »Alfons hatte sich extra eine Woche frei genommen, um im Internet mit meiner Hilfe in Ruhe ermitteln zu können. Das traf sich günstig, weil auch ich gerade Urlaub habe. Wir hatten ja unsere Computer vernetzt und ich suchte ständig nach Wegen, um Alfons die gewünschten Informationen zu beschaffen. Was das war, interessierte mich nicht. Allein die Freude von ihm zu sehen, wenn er wieder neue Verbindungen zwischen den Organisationen ermittelt hatte, machte mich glücklich. Über seine Webcam konnte ich ihn nämlich beobachten. Das wusste er. Ich fühlte mich als Teil seiner ungeheuer wichtigen Aufklärungsarbeit.«

»Siehst du, dann konntest du den Erfolg deiner Arbeit sogar sehen«, wollte Juan das Selbstbewusstsein seines Gastes stärken. Wieder begann Simon zu zittern. »Ich war bei meinem Tun verantwortungslos naiv«, stöhnte der Gast auf. »Wie konnte ich nur so dumm sein zu denken, das Eindringen in fremde Computernetzwerke würde lange unentdeckt bleiben? Gerade diese Verbrecherorganisationen beschäftigen fähige Computerexperten auf der ganzen Welt. Wenn ich einen Weg gefunden hatte, irgendwo einzudringen, konnten diese bald den Weg zurückverfolgen und landeten bei Alfons, der nicht mal davor zurückschreckte, sich ganze Dateien herunterzuladen.«

»Ich habe mich auch schon auf fremden Computern illegal herumgetrieben, um mir für unsere Ermittlungen wichtige Informationen zu beschaffen«, gab Juan erschrocken zu.

»Du arbeitest doch bei der Mordkommission. Habt ihr dort in letzter Zeit mit Fällen zu tun gehabt, die auf eine Beteiligung des organisierten Verbrechens hinweisen?«, fragte Simon besorgt.

»Ich glaube, unser letzter Fall von einer ermordeten Japanerin hatte etwas mit der japanischen Mafia zu tun, aber den mussten wir ans Bundeskriminalamt abgeben. In diesem Zusammenhang habe ich recht wenig im Internet recherchiert.«

Simon schaute sich um. »Wie ich sehe, sind dein Computer und dein WLAN ausgeschaltet. Du bist doch sonst ständig online. Was hat das zu bedeuten?«

»Alfons rief mich gestern an und schwärmte mir von seinen Ermittlungsergebnissen im Zusammenhang mit den Verbrecherorganisationen vor. Er muss Erstaunliches herausgefunden haben. Doch diese Vorstellung machte mir irgendwie Angst. Sich mit solchen gigantischen kriminellen Vereinigungen einzulassen, kann sehr gefährlich werden. Was wäre, wenn diese die Verbindung zwischen uns beiden herausfinden? Und nun hat Alfons mir auch noch so einen USB-Stick zugeschickt, auf dem seine Ermittlungsergebnisse gespeichert sind. Was soll ich damit machen?«

»Keine Ahnung. Aber ich muss dir noch etwas sagen.«

Und wieder begann Simon zu zittern. Juan ahnte plötzlich, dass etwas sehr Schlimmes passiert sein musste.

»Du weißt doch, dass ich am Computer sehen und hören kann, was gerade im Umfeld von Alfons' PC geschieht. Dieses Bild lasse ich meistens klein am Rand des Bildschirms mitlaufen.«

Simon schüttelte fassungslos den Kopf, war vorübergehend nicht in der Lage zu sprechen. Schließlich begann er stockend zu erzählen: »Weil ich sehr konzentriert arbeitete, bemerkte ich zuerst gar nicht, dass Alfons nicht mehr allein war. Dann hörte ich ein Poltern, das mich aus meinen Gedanken riss. Ein fremder Mann schlug gezielt auf Alfons ein, der gegen ein Regal flog. Er blutete aus Nase und Mund. Brutal wurde er auf den Stuhl vor dem PC gedrückt, dieser wurde etwas zurückgerollt. Ich hörte den Mann mit einem osteuropäischen Akzent laut danach fragen, wie Alfons sich in ihr Netzwerk eingeschlichen hatte. Erst in diesem Moment muss unserem Freund klargeworden sein, dass nicht irgendwelche Diebe ihn bestehlen wollten, sondern er von Angehörigen einer kriminellen Organisation bedroht wurde. Ich konnte die Angst in seinen Augen deutlich sehen.«

Nun spürte auch Juan ein Würgen.

»Ich drückte auf Videoaufzeichnung, um Bildmaterial von diesen gewalttätigen Verbrechern zu speichern, damit sie später zur Rechenschaft gezogen werden können. Alfons stammelte, er verstehe nichts von dieser Computertechnik und log, das Programm sei von seiner Dienststelle erstellt worden. Ein zweiter Mann stellte das Radio laut an, sodass ich dem weiteren Gespräch nicht folgen konnte. Zum Glück hatten die Typen wohl noch nicht entdeckt, dass jemand sie durch die Webcam beobachtete.«

Simon stockte. Es kostete ihn sichtlich Überwindung weiterzusprechen. In seinem Gesicht spiegelte sich Entsetzen.

»Was ist weiter geschehen?«, fragte Juan in düsterer Erwartung.

»Oft hoffte ich, es sei nur ein Filmausschnitt gewesen, den ich sah, ein übler Scherz von Alfons. Aber es war so widerlich real.«

»Was meinst du damit?«

»Die beiden Männer folterten Alfons. Bitte erspare mir Einzelheiten, doch ich brauchte seine Schreie nicht deutlich zu hören, um zu erkennen, welche Qualen er litt. Er war unglaublich loyal und tapfer, doch dann hörte ich, wie er meinen Namen und meine Adresse herausschrie.«

Juan stand auf, um das Gehörte zu verarbeiten, schenkte ihnen beiden einen Whisky ein. Den stürzte er in einem Zug hinunter, während Simon sein Getränk nicht anrührte.

»Du weißt, was das bedeutet. Diese Männer wollen meine Programme und werden mich unerbittlich jagen«, sprach der Gast verzweifelt und resigniert ob dieser ihm gerade erst bewusst werdende Erkenntnis.

»Also bist du getürmt«, stellt Juan nüchtern fest.

Zwar hatte er Simons Worte von dem grausamen Geschehen vernommen, doch sie wollten noch nicht in seinen Geist dringen. Die Angst, die sich mit dem Schicksal von Alfons einschlich, dufte seinen Verstand nicht umnebeln.

»Natürlich. Aber vorher musste ich noch alle Verbindungen zu fremden Netzwerken und den »Glorreichen Sieben« löschen. Zum Glück hatte ich bereits am Anfang eine solche Funktion einprogrammiert. Anschließend baute ich die Festplatten aus meinen Computern aus, packte alles zusammen und lieh mir den Wagen meiner Patentante. Das Handy warf ich weg. So habe ich versucht sicherzustellen, dass diese Typen uns nicht finden und auch nicht auf meinen Internetwegen wildern können. Ich denke, das ist mir gelungen.«

Mit vorsichtiger Erleichterung fragte Juan: »Bist du sicher, dass keine Spur zu mir führt?«

»Das kommt darauf an, wie lange die Internetspezialisten dieser Gangster schon nach uns suchen«, antwortete Simon. »Mich hatten sie wohl noch nicht gefunden, sonst hätte sie Alfons ja nicht …«

Die Erinnerung an die schrecklichen Bilder von den Qualen seines Kollegen verzerrten seine Gesichtszüge. Dann schreckte das Klingeln an der Wohnungstür die beiden Männer auf. Juan eilte ans Fenster und sah, dass ein Möbelwagen direkt vor der Haustür parkte, Kartons einlud.

»Scheiße, die Leute im Erdgeschoss ziehen aus. Kein Wunder, dass die Haustür offen steht.«

Simon war derartig mit den Nerven fertig, dass er nur stammelte: »Jetzt sind wir dran.«

Wieder bereute Juan, dass er seine Dienstwaffe nicht mit nach Hause genommen hatte. Aus dem dritten Stock durchs Fenster zu fliehen, war unmöglich, ohne zu springen, was den Tod oder zumindest schwere Verletzungen bedeutete. Simon vermittelte den Eindruck, als habe er mit seinem Leben bereits abgeschlossen. Erneut klingelte es, diesmal energischer.

Dann war eine Stimme zu hören, die laut rief: »Juan, hier ist Richard! Öffne bitte die Tür!«

Sofort erkannte er die Stimme und war noch nie so froh gewesen, diese zu hören.

»Es ist mein Chef!«, rief Juan. »Gerade gestern klärte ich ihn über »Die glorreichen Sieben« auf. Er wird uns helfen und weiß, was zu tun ist.«

Dann rannte er zur Wohnungstür, öffnete diese und musste sich beherrschen, Kretzer nicht um den Hals zu fallen.

»Moin, Juan. Wie ich sehe, freust du dich über meinen Besuch. Aber ich muss dir sagen, dass du wirklich elend aussiehst. Du kannst dich kaum bei mir angesteckt haben. Bist du ernsthaft krank oder was ist los?«

»Komm rein, Richard, und setz dich ins Wohnzimmer. Dort lernst du Simon Art kennen, ein Mitglied der »Glorreichen Sieben«, unser Computerexperte. Was er mir erzählte, ist unfassbar schrecklich. Doch erstmal mache ich dir einen frischen Kaffee, dann wirst du alles erfahren. Du bist unsere Rettung.«

Der Hauptkommissar erkannte die innere Anspannung seines Mitarbeiters und witterte geradezu, dass etwas Beunruhigendes in der Luft lag. Also schritt er kommentarlos ins Wohnzimmer und stellte sich dem anderen Gast vor. Der hockte zusammengesunken wie ein Häufchen Elend in einem Sessel, erwiderte Kretzers kräftigen Händedruck nur schwach und schaute ihn aus müden Augen unglücklich an. Wortlos setzte sich Kretzer und wartete auf seinen Kaffee.

Nachdem Juan ihm das Getränk gebracht hatte, atmete Juan tief durch und sagte: »Simon, möchtest du meinem Chef berichten, was du weißt und gesehen hast?«

Der Angesprochene schüttelte nur schwach den Kopf und begann beinahe zu weinen.

»Okay, dann versuche ich zu beschreiben, was ich von dir hörte. Bitte unterbrich mich, wenn ich etwas weglasse oder falsch wiedergebe.«

Kretzer nahm einen Schluck Kaffee und wartete gespannt, was ihm offenbart werden würde. Juan hatte ein sehr gutes Gedächtnis und es gelang ihm, das Erfahrene sachlich darzustellen. Nur als er an der Stelle angekommen war, wo Simon beobachtet hatte, dass Alfons gefoltert wurde, stockte er zuerst und sprach dann leise weiter.

Geduldig, ohne zu unterbrechen, hatte der Hauptkommissar die Lage zur Kenntnis genommen. Juan und Simon schauten ihn erwartungsvoll an. Kretzer ließ sich Zeit, um die Situation zu erfassen und einen Plan zu schmieden. Dann zückte er sein Handy und rief seinen Freund Paul Ludwig vom Bundeskriminalamt an.

»Hallo, Paul, hier spricht Richard. Ich brauche dich sofort hier in Hamburg«, sprach Kretzer mit ruhiger Stimme und gab die Adresse von Juan durch. Damit war das Gespräch beendet. Kurz darauf klingelte das Handy des Hauptkommissars.

»Danke, wann kannst du hier sein? – Okay, wir warten auf dich.«

»Mit wem hast du gesprochen?«, fragte Juan neugierig.

»Mit meinem alten Freund Paul Ludwig vom Bundeskriminalamt.«

»Und du sprichst nur einen Satz und er tanzt nach deiner Pfeife?«

»Wir vertrauen einander bedingungslos. Wenn ich meinen Freund um etwas bitte, hat er keinen Zweifel daran, dass ich ernsthaft seine Hilfe brauche. Erklärungen sind da überflüssig.«

Bei diesen Worten lächelte Kretzer und ein Hauch von Entspannung machte sich im Raum breit.

»Aber wenn du das Bundeskriminalamt einbeziehst, fliegen Simon und ich als Mitglieder der ‚Glorreichen Sieben‘ auf.«

»Erstmal wird nur mein Freund Paul von allem erfahren. Und ihr müsst zugeben, dass die ganze Nummer, die dieser Alfons Becker angestoßen hat, etwas zu groß für euch ist. Aber ich denke, Paul kann sich mit meinem Plan anfreunden.«

»Der da wäre?«, fragte Juan, beunruhigt über die möglichen Folgen von Kretzers Handeln für seinen weiteren beruflichen Werdegang.

»Na, mein Lieber, nun wird dir wohl langsam klar, auf welch dünnes Eis sich ‚Die glorreichen Sieben‘ mit ihrer Idee begeben haben. Ich werde versuchen, die Gruppe aus der Schusslinie zu bringen, auch wenn wir Paul nicht verheimlichen dürfen, dass auch du dazugehörst. Aber ich denke, wir haben mit dem Kollegen Simon Art ein Ass im Ärmel.«

Kretzer schaute Simon an, dem vor lauter Müdigkeit scheinbar der ganze Lebensmut abhandengekommen war. Er blickte nur teilnahmslos vor sich hin. Also fuhr der Hauptkommissar fort: »Den Leuten beim Bundeskriminalamt fiel bereits auf, dass es jemandem gelungen war, die Sicherheitssysteme der Behörden zu umgehen, und so sämtliche gespeicherten Informationen für sich nutzen konnte. Aber meines Wissens haben sie noch keine konkrete Person oder Gruppe in Verdacht. Simon weiß, wo die Schwachstellen im Schutz zu finden sind, kann diese Lücken also auch schließen. Damit ist er ein Schatz für das BKA.«

Es klingelte an der Wohnungstür. Juan und Simon zuckten zusammen, doch Kretzer blieb ruhig.

»Richard, hast du deine Waffe dabei?«, fragte Juan erschrocken.

»Du kennst mich doch. Natürlich nicht, aber ich habe das Gefühl, dass ich bald eine besitzen werde. Ich schlage vor, ihr beide geht ins Schlafzimmer, legt euch hin und versucht etwas zu schlafen, bis mein Freund auftaucht. Ich gehe zur Tür und regle das.«

Juan bewunderte seinen Chef für dessen souveräne Gelassenheit. Er griff nach Simons Arm und zog ihn mit sich ins Schlafzimmer.

Es klingelte erneut. Kretzer machte sich auf den Weg, als die beiden Männer die Zimmertür hinter sich geschlossen hatten. Er brauchte nicht durch den Spion zu gucken, denn er ahnte, wer Einlass begehrte.

»Hallo, Kim. Dass deine Fürsorge dich zu Juan treiben würde, dachte ich mir schon.«

»Richard, was machst du denn hier?«, fragte Kim Kaiser erstaunt.

»Das alles kann ich dir erst später erklären. Vertraue mir bitte und kehre ins Kommissariat zurück. Wenn jemand nach Juan oder mir fragt, lass dir eine plausible Ausrede einfallen. Es ist wichtig, dass du uns den Rücken freihältst. Vermutlich können wir frühestens morgen Nachmittag wieder zum Dienst erscheinen. Du wirst das schon machen.«

»Muss ich mich sorgen?«

»Ich denke nicht. Trotzdem bitte ich dich, mir deine Dienstwaffe zu geben. Ich weiß, du hast sie immer dabei.«

Dieser Wunsch beunruhigte Kim, doch sie erfüllte ihn wortlos. Dabei wurde ihr mal wieder bewusst, wie sehr sie ihrem Chef vertraute. Er hatte die Ausstrahlung eines Mannes, der nie die Kontrolle über eine Situation verlor. Spontan umarmte sie den Hauptkommissar zum Abschied.

Juan kam aus dem Schlafzimmer geschlichen, schaute seinen Chef voller Erleichterung und Hochachtung an. Beide lächelten zuversichtlich.

»Nun ruh dich aus«, sprach Kretzer mitfühlend. »Es wird noch einige Stunden dauern, bis Paul eintrifft.«

Erst am übernächsten Tag erschienen der Hauptkommissar und sein Mitarbeiter wie gewohnt morgens im Büro. Kim war es gelungen, dass deren Abwesenheit niemandem aufgefallen war. Bei einer frischen Tasse Kaffee berichteten die Männer ihrer Kollegin von den Ereignissen.

Paul Ludwig hatte Simon Art mit ins Bundeskriminalamt genommen, ihm einen guten Job als Computerexperte in Aussicht gestellt und ihm zugesichert, ihn erstmal an einem geheimen Ort sicher unterzubringen. Auch den USB-Stick übergab Juan ihm. Den Münchener Behörden gab der BKA-Beamte einen Tipp und die übel zugerichtete Leiche von Alfons Becker war bereits der Gerichtsmedizin übergeben worden.

Schweigend hatte Kim Kaiser ihrem Chef zugehört. Besonders

die Vorstellung, dass ein Kollege von ihr gefoltert und schließlich ermordet worden war, erschütterte sie. Zwar kannte sie Alfons Becker nicht und war als Mitarbeiterin der Mordkommission Grausamkeiten gewohnt, doch diese schreckliche Tat machte ihr deutlich, wie gefährlich ihr Beruf sein konnte. Kim war ihre Fassungslosigkeit deutlich anzusehen, dabei hatte sich Kretzer bemüht, in seinem Bericht möglichst sachlich zu bleiben.

Schließlich schloss er mit den Worten: »Ich denke, wir können nun getrost auf Paul vertrauen und wieder unserer alltäglichen Arbeit nachgehen. Eure Computer werden vermutlich einige Tage nicht funktionieren, bis Simon Art mit Hilfe der anderen Computerexperten ein verlässliches Sicherheitssystem installiert hat.«

Juan seufzte, denn ohne diese Maschine fühlte er sich eines wesentlichen Teils seines Lebens beraubt.

»Aber wie sollen wir so arbeiten?«, fragte er unglücklich.

»Arbeite du erstmal den Stapel Papier ab, der sich auf deinem Schreibtisch angehäuft hat«, riet Kretzer schmunzelnd.

»Und ich?«, fragte Kim, deren Schreibtisch leer und ordentlich aufgeräumt war.

»Wenn uns nicht bald ein neuer Mordfall auf den Tisch flattert, hast du Zeit für ein ausgiebiges Schießtraining. Wir erwarten doch von dir, dass du beim Wettbewerb unserer Dienststelle alle Ehre machst.«

Alle drei schauten sich in dem Bewusstsein tiefer Verbundenheit und dem Wissen um das gegenseitige Vertrauen an.

Kim stand auf, um der Empfehlung ihres Chefs zu folgen. An der Tür drehte sie sich um und sagte aus dem Herzen heraus: »Ich liebe euch beide.«

So ließ sie zwei glücklich lächelnde Männer zurück.